シモン・ド・ベルジュの東方見聞録

篠原美季自選集

篠原美季

white heart

講談社X文庫

目次

CHARACTERS

ユウリ・フォーダム
イギリス貴族の父、日本人の母の下に生まれる。霊や妖精《ようせい》が見えるなど、不思議な力を持っている。
シモン・ド・ベルジュ
フランス貴族の末裔《まつえい》。実務に優れた美貌《びぼう》の貴公子。ユウリの親友で現在はパリ大学に在学中。

シモン・ド・ベルジュの東方見聞録

幸《か》徳《で》井《い》隆《りゅう》聖《せい》
ユウリの従兄弟《いとこ》。京都に千年
続く陰陽道《おんみょうどう》宗家の次期宗主。
コリン・アシュレイ
豪商アシュレイ商会の秘蔵っ子。
傲岸不遜《ごうがんふそん》で博覧強記《はくらんきょうき》。特にオカル
トには強く興味をひかれている。
マリエンヌ
シャルロット
モンの双子の妹。「宝探しゲー
」が趣味で、トラブルを招く。

イラストレーション／かわい千草《ちぐさ》

ユウリとシモンの
ゆく年くる年

序章

ああ、大変だ、大変だ。
これは、大変なことになった！
いや、落ち着け、自分。
こういう時こそ、落ち着くのがかんじんだ。
そうでないと、事故に遭う。
まだまだ、十分間に合うんだ。
あの鐘の音が鳴り終わる前に辿《たど》り着《つ》けば、それで、万事問題ない。
一事が万事。
ただ、それだけだ。
間に合えば、いい。
師匠も走る師走は、うさぎも走らにゃならんのさ。
とにかく、急げや急げ。

急がないと――。
今、何時だ？
うひゃあ。
いかん！　遅刻しそうだ！

ああ、大変だ、大変だ。
これは、大変なことになった！
いや、落ち着け、自分。
こういう時こそ――、うわっ！
「あ～れ～」
あられもない声とともに、うさぎは事故に遭った。

1

パンッ。

細長い銃身から飛び出した弾が、一瞬後には見事に的を倒していた。

「すごい！」

感嘆の声をあげたユウリ・フォーダムが、射手を見あげて嬉《うれ》しそうに続ける。

「さすが、シモン。百発百中！」

それに対し、すらりとした立ち姿で手にした銃を肩に担ぎあげたシモン・ド・ベルジュが、「それほどでも」と苦笑気味に応じる。手を伸ばせば届くくらいの至近距離からの挑戦であれば、むしろ外すほうが難しいように、彼には思える。

白く輝く淡い金の髪。

南の海のように澄んだ水色の瞳。

ギリシャ彫刻のように整った容姿と大天使のごとき高雅さを持つシモンが細長い銃を持つと、それがたとえ射的用のおもちゃであっても、ひどく高性能な武器に見えてくるから不思議だ。

大晦日《おおみそか》の京都市内。

除夜の鐘が鳴り始め、年越しの高揚感が増す中、提灯《ちょうちん》の明かりに照らされた参道にはずらりと屋台が並び、大勢の人がひしめいている。

焼きトウモロコシ。

たこ焼き。

綿菓子等々。

それらに交じって射的のブースがあり、興味を示したシモンが挑戦した結果、なんなく一等賞を勝《か》ち獲《と》ったというわけだ。

だが、一等の景品が、子供たちの大好きなゲーム機であったため、二人で相談した結果、シモンは、五等の景品である「トキ麻呂《まろ》くん」と書かれた円《まる》い目覚まし時計のぬいぐるみをもらうことにした。

ユウリの弟へのお土産である。

「なんか、これ、愛嬌《あいきょう》があって可愛《かわい》いかも。きっと、クリスも喜んでくれる」

ぬいぐるみを両手で持ち、マジマジと見おろしながらユウリが言うと、「そうかい？」と受けたシモンが、理解しがたいというように応じる。

「時計に手足が生えているのって、僕の感覚からすると、ちょっと不気味だけど」

ちなみに、ふだんの会話は英語でする二人であるが、ここが日本ということもあり、しばらくは、シモンの勉強も兼ねて日本語で話すようにしていた。

シモンの感想を受け、ユウリが「ああ」と納得する。

「それって、きっとつくも神の発想なんだろうな」

「つくも神？」

「うん。日本古来の考え方で、ものが古びると、化けて妖怪《ようかい》になるんだよ」

するると、軽く水色の瞳を見開いたシモンが「トキ麻呂くん」を見おろし、意外そうに言った。

「つまり、これって、妖怪のぬいぐるみなんだ？」

「——ん？」

首を傾《かし》げたユウリが、答える。

「いや、それは違うと思う。——ただの目覚まし時計のぬいぐるみ」

「でも、今、妖怪って」

「だから、それは、発想の問題で、ものに手足をつけることにあまり違和感がないというかなんというか……」

そんな他愛ないことを話しながら歩いていた二人が、神社の境内へと続く石段を登ろうとした時だった。

「あ～、大変だ、大変だ」

そんな声とともに、横合いからなにかがぴょんと飛び出してきた。

先に気づいたシモンが、反射的にユウリを引き寄せようとするが、その寸前、凍りついたように動きを止めた。

珍しいこともあるものだが、それには、れっきとした理由があった。

というのも、そこに現れたのが——。

「師匠も走る師走は、うさぎも走らにゃならんのさ。とにかく、急げや急げ」

しゃべる白うさぎだったからだ。

しかも、着物の上にちゃんちゃんこを羽織り、二本足で走っている。

呆然《ぼうぜん》と見つめるシモンの前で、その白うさぎは、懐から取り出した丸い大きな時計を見おろし、「うひゃあ」と飛びあがって叫んだ。

「いかん！　遅刻しそうだ！」

どこかの帽子屋のお茶会にでも行こうというのか。

着ているものこそ和服だが、これぞまさに『アリス・イン・ワンダーランド』の世界である。

一瞬、呆然自失《ぼうぜんじしつ》したシモンだったが、すぐに気を取り直し、「危ない、ユウリ」と注意しながら引き寄せようとする。

だが、一瞬の躊躇《ちゅうちょ》が運の尽きで、あとちょっとが間に合わず、時計を手にした白うさぎとユウリがドンッとぶつかった。

「うわ！」

よろけたユウリの向こうでは、「あ〜れ〜」と奇声を発して、白うさぎが吹っ飛ぶ姿が見える。

衝突の衝撃で、ユウリの手から「トキ麻呂くん」が放り出され、白うさぎの持っていた時計も宙に舞う。

コマ送りにでもしたくなるような出来事のあと、腕を伸ばしてユウリを支えたシモンの前で、敏捷《びんしょう》に体勢を立て直した白うさぎがぶつくさと文句を言う。

「え〜い、なんてこった！　なんで、こんなところでぶつからにゃならんのだ！　天神様の細道じゃあるまいし！」

言ってから、キョロキョロとあたりを見まわし、地面に落ちているものを拾いに行きながら「あ、いやでも」と続ける。

「よく見りゃ、ここは四つ辻《つじ》ではないか。――ならば、しかたない、こんなこともあろうってもんさ」

それから急いで落としたものを拾い上げると、なにごともなかったかのように、ふたたび「あ〜、大変だ、大変だ」と言いながら走り去っていった。

それを黙って見送ったユウリとシモンは、白うさぎの姿が赤い鳥居の前でフッと掻《か》き消《き》えたのを機に、ハッと我に返る。

「――え、なに、今の？」

ユウリの言葉で、白うさぎの消えたあたりから目を離したシモンが、腕の中のユウリを見おろして応じる。

「なんだろうね」

それから、気遣うように尋ねた。

「それで、君のほうは大丈夫なのかい？」

「ああ、うん。平気。ありがとう。シモンのおかげで転ばずにすんだ」

礼を述べて離れようとしたユウリは、足下に転がっているものを目にして、ピタリと動きを止める。

そこに、変わったものが落ちている。

少なくとも見た目は、時計のようだ。

ただ、よく見ると、文字盤には、通常の十二時間の他に、干支《えと》を示す記号やさらに細かい時間の区分などが小さい文字でずらりと書かれていた。

やけに複雑そうな、時計ではない時計だ。

なにより、そのモノが放つ異質な空気――。

この世のものではない感じが、そのモノからはぷんぷんと漂っている。

（これって、今の白うさぎの落とし物だろうか？）

なにせ、あの白うさぎからも、当たり前だが、異次元のにおいがぷんぷんと漂っていた。

異界の者が落としていった遺失物。

ユウリは、少し考えた末、それらのことが示す重大な事実に気づいて、「ああ、嘘《うそ》」と嘆かわしい声をあげた。

「もしかして、彼、これの代わりに『トキ麻呂くん』を持っていっちゃったんだ？」

それが、どんな結果をもたらすのか。

考えただけでも、恐ろしい。

とはいえ、事態を正しく理解するためにも、まず、あの白うさぎが何であったかを知る必要がありそうだ。

もっとも、調べるまでもなく、ユウリには、なんとなくだが、白うさぎの正体に心当たりがあって、ゆえに、先ほどからとても嫌な予感がしている。

（やっぱり、うさぎといえば）

手の中のものを見おろしながら、ユウリは思う。

（この時期、アレだよなあ……）

と、その時。

ユウリの肩に手を置いていたシモンが、ふいに指先に力を込めて緊迫した声をあげた。

「大変だ、ユウリ！」

「え？」

「まわりを見てごらん！」

顔をあげたユウリは、シモンの視線を追うようにしてまわりを見る。

そこにあった光景は――。


時が、止まっていた。

人も。

車も。

あらゆるものが、一瞬前の動作のまま、凍りついたように静止している。

もちろん、除夜の鐘も聞こえてこない。

彼らの前で、世界はまったき静けさに陥っていた。

呆然とするユウリの口から、ややあって絶望の声があがる。

「……たしかに、これは大変だ」

2

京都北部に広大な屋敷を構える幸徳井家《かでい》。

彼らは、平安時代から陰陽道《おんみょうどう》宗家として栄え、今もって、人知れず、国土の霊的守護に携わっている家系だ。

その次代宗主である幸徳井隆聖《りゅうせい》は、現在、京都御所に出向いている父親に代わり、新年を迎える準備に追われていた。

戦場のような慌ただしさの中、近くの寺からは重厚な鐘の音が響いてくる。

「……除夜の鐘ですね」

一歩後ろを歩いていた岸本《きしもと》が、庭を眺めながら言った。早くに幸徳井家に弟子入りした古株の術者である彼は、手練《てだ》れの中でも年齢が隆聖に近いことから、今では、彼の右腕として常に行動を共にしている。

岸本が続ける。

「今年は、国じゅうでいろんなことがあったせいか、鐘を撞《つ》く者の感慨もひとしおのようで」

「わかるか?」

「ええ」

ゴオン。

空間を揺るがすように響く、その音に乗せられた人々の想《おも》い――。

立ち止まり、岸本と一緒に暗い外を眺めた隆聖も、まるで人々の悲痛な声を聞いているかのように、軽く目を細めて鐘の音に耳を傾けた。

すらりとした長身。

黒曜石のように光る漆黒の瞳。

ふだんは、霊能者として、研ぎ澄まされた日本刀のごとき怜悧《れいり》な印象を放つ隆聖であったが、今この瞬間に見せた表情だけは、とても人情味に溢《あふ》れていて優しい。

百八つの煩悩。

断ち切らなければならないものがなんであれ、この鐘の音が、人々の上から負の記憶を吹き払い、心身ともに新しい時をもたらしてくれるのを願うしかない。

しばし、その場でもの思いに耽《ふけ》っていた二人は、ふたたび歩き出したところで、ある異変に気づいた。

足を止めた隆聖が、先に言う。

「妙やな」

岸本も、眉《まゆ》をひそめて外を見る。

「そうですね」

「鐘が鳴らない」

「はい……」

たしかに、余韻が消えて久しいが、次なる鐘の音はいっこうに聞こえてこない。

もちろん、人によって撞くタイミングが違うとはいえ、ここまで間が長いのは、絶対におかしいことだといえる。

険しい表情のまま、隆聖が家のほうを振り返る。

どうやら、異変は外だけではないようだ。

家の中も、妙に静かだった。

鐘の音が響かない静寂に、食器や家具を動かす音も、使用人たちの話し声も、なにもかもがいっさい聞こえてこない。

どう考えても、変である。

「岸本」

どうするべきか迷いながら、隆聖が一緒にいる相手を呼ぶ。

だが、返事はない。

不思議に思って振り返ると、隆聖の右腕として誉れ高い術者の岸本が、窓のほうに手を伸ばした状態で凍りついたように固まっていた。

る。

「──岸本！」

慌てて彼の手に触れてみるが、特に冷たいというわけでもなく、ふつうの体温をしている。

皮膚もやわらかく、動かないという以外、いつもとなんら変わらない。

そのことにホッとした隆聖は、岸本をその場に残して家の中を確認して回った。

状況はどこも同じで、すべてが一瞬前の状態で止まっている。その光景は、さながら魔法をかけられて城じゅうが眠りについてしまったという西洋のおとぎ話を彷彿《ほうふつ》とさせた。

（時が、止まった──）

だが、なぜ？

隆聖が考え込んでいると、突如、玄関のほうが騒がしくなり、すぐに市中に出かけていた従兄弟《いとこ》の声がした。

「隆聖！　──隆聖、いる？」

「ああ、こっちや」

返事を頼りに血相を変えて部屋に飛び込んできたその従兄弟──ユウリの手には、これまで見たこともないような円い時計がある。

「大変なんだ、隆聖！」

「わかっている」

応じた隆聖は、ユウリの後ろから入ってきた貴公子の姿に目をやり、少しだけ意外そうな表情になる。

その表情のまま、尋ねた。

「君は、なんともなかったのか？」

「はい」

「うちの術者ですら、無事ではすまなかったのに？」

「ええ、どういうわけか」

答えたシモンが、ユウリをチラッと見おろして「もしかしたら」と推測する。

「ちょうど、ユウリの肩に触れていたせいかもしれませんが」

「なるほど」

漆黒の瞳を細めて相槌《あいづち》を打った隆聖は、ユウリに視線を戻して尋ねる。

「で、ユウリ。後生大事そうにその手に持っているものは、なんや？」

「ああ、これ」

戸惑ったように視線を落としたユウリが、「これは……」としどろもどろに説明する。

「よくわからないんだけど、さっき、八坂神社《やさかじんじゃ》の近くで、これを持って二本足で走ってきた白うさぎとぶつかって、その時に、白うさぎが落としていったものなんだ」

「白うさぎ？」

「そう。それでもって、彼、これの代わりに、シモンが射的で獲った『トキ麻呂くん』っていう時計のぬいぐるみを持っていっちゃって」

途中から頭痛がするかのように額に手をやった隆聖が、聞き終わったところでげんなりと言う。

「――ったく、お前は」

その口調がどこか責めるものであったため、ユウリは慌てて弁明した。

「いや、だって、隆聖。そんなことを言われても、ぶつかってきたのは白うさぎのほうだし、間違えて持っていったのも、白うさぎなんだよ？」

「だから、なんや？」

「つまり、このことで責められるいわれは……」

責任転嫁しようとしたユウリに、隆聖があっさり引導を渡す。

「そうかもしれないが、今は、責任云々《うんぬん》の話なんかしている場合ではないだろう。状況から考えて、その白うさぎがなんであるかは、お前にも見当がつくはずや」

ユウリが、しぶしぶ認める。

「……まあ、うすうすは」

「なら、どうしてこうなったかも、わかるな？」

「うん」

ユウリはうなずき、自分の考えを話す。

「干支の化身が、年越しのためのアイテムを落として、代わりに『トキ丸くん』を持っていっちゃった」

「そのとおり」

応じた隆聖が、「だったら」と続ける。

「やってしまったことを嘆く前に、やるべきことがあるやろう」

「わかっているよ。――だから、こうして隆聖のところに来たわけだし」

認めたユウリが、そこで一度、廊下の先で固まっている岸本の姿を見てから、手の中のものを差し出して悩ましげに訊《き》いた。

「ということで、隆聖。これって、どうしたらいいと思う?」

だが、そんなことを尋ねられたところで、隆聖にも、さすがにどうしていいかわからない。

そもそも、こんな突拍子もない事件を起こすこと自体、ふつうならありえないことなのだ。

とどのつまりが、ユウリの霊能力というのは、うまく使いこなせれば、これ以上ないほど頼もしいが、その一方で、一つ間違えると、とんでもない破壊力を発揮するということである。

（まさに、諸刃《もろは》の剣《つるぎ》──）

　思いながら考え込んだ隆聖が、ややあって答える。

「まあ、しかたないから、干支の守護神にでもお伺いを立ててみるとしよう」

「干支の守護神？」

　なんのことだかわからずに訊き返したユウリに、「ああ」とうなずいた隆聖が、すぐさま踵《きびす》を返して歩き出す。

　慌てて、シモンと二人であとを追ったユウリが、尋ねる。

「どこに行くの、隆聖？」

「決まっている」

　振り返らずに応じた隆聖が、きっぱりと告げた。

「干支の守護神に会いに行く」

　だが、半信半疑のユウリは、「干支の守護神？」と繰り返してから付け足した。

「そんな、簡単に言うけど」

　その間にも玄関で靴を履き、シモンが押さえてくれたドアをすり抜けながら、ユウリが言葉を繋《つな》ぐ。

「それって、どこに行けば会えるわけ？」

「下鴨神社《しもがもじんじゃ》」

短く答えた隆聖が、車のロックを電子キーで解除しながら補足した。

「そこに、干支の守護神が祀《まつ》られている」

3

「糺《ただす》の森《もり》」に囲まれた下鴨神社は、しんと静まり返っていた。

元来、大晦日に混《こ》み合《あ》うような場所ではなかったが、いつも以上に森閑としている気がするのは、やはり、生きとし生けるものがすべて、死に絶えたような静けさのうちにあるからだろう。

深更。

真っ暗な森に囲まれた敷地内には、どこに魑魅魍魎《ちみもうりょう》が潜んでいてもおかしくない、おどろおどろしい雰囲気が漂っていた。

そんな中、怖《おそ》れげもなく参道を進み、境内に入った隆聖は、小さな社がいくつも並んだ場所に出てきたところで歩みを止めた。

ユウリ、シモンがそれに続く。

「――ここは？」

ユウリの問いかけに、隆聖が答える。

「言社《ことしゃ》といって、大国主命《おおくにぬしのみこと》を祀っている」

それに対し、ぐるりと見まわしたユウリが、戸惑ったように言う。

「でも、同じような社が七つもあるけど……」

いったい、どれが、大国主命を祀った社であるのか。

隆聖が、「大国主命は」と解説する。

「日本でも一、二を争うほど有名な神なわけやが、それだけに、人々がこの神に帰属させたがる神名は多くて、ここでは、役割に応じて変わるとされるこの神の七つの異名をあげ、それぞれに干支を割り振り、守護神としている」

「へえ」

ユウリの相槌に続いて、シモンが感想をはさんだ。

「それは、ずいぶんとおもしろい考え方ですね。──『神は遍在する』というのとも、少し違う」

「たしかに。西洋の神のように能動的というよりかは、あくまでも押しつけられた役割に過ぎず、ある意味、『仮面』といえなくもない」

応じた隆聖が、「で」と話を戻す。

「もし、二人が見た白うさぎが、今年の干支である『卯《う》』の化身やったとした場合──十中八九そうやと思うが──、それを守護しているのは、この『志固男神《しこおのかみ》』や」

一つの社を指しての言葉に、ユウリが「それなら」とそこから導き出される結論を確認した。

「その『しこおのかみ』とかいう神様にお願いして、この時計みたいなものを受け取ってもらえばいいわけ？」

「あるいは、大国主命そのひとに――」

請け合った隆聖だが、すぐに「というより」と無責任な言葉を付け足した。

「それ以外の手段が思いつかないというのが、正直なところや。――なんといっても、これほどバカバカしくとも重大な失態をしでかすような人間には、今の今まで会ったことがないからな」

だから、それは自分のせいではなく、白うさぎの早とちりなんだと重ねて主張したいユウリであるが、言い訳するのも面倒で、たった一言「ごめん」と謝った。

そんな殊勝なユウリに、非情にも、隆聖が重責を負わせる。

「謝るくらいなら、ユウリ、神への奏上はお前がやれ」

「――え？」

てっきり隆聖が手を貸してくれるものと思っていたユウリが、慌てて言い募る。

「なんで？　隆聖がやってよ」

「悪いが、俺は、こんなことで、あちらに借りを作りたくない」

「そんな……」

「そんなもこんなもない」

「でも」

「でももない」

ピシャリとはね除《の》けられ愕然《がくぜん》とするユウリだったが、これ以上ごねたところで隆聖が翻意するとは思えなかったため、溜《た》め息《いき》とともに了承する。

「……わかった、やるよ」

「初めから素直にそう言えばいい。——まあ、禊《みそぎ》くらいは、俺がしてやるから」

淡々と応じた隆聖が、宣言どおり、その場で簡単な禊を施すため、小さな瓶を胸ポケットから取り出し、清めの水をユウリに振りかけた。

同時に、空間を切り裂くほど凛《りん》とした声で唱える。

「祓《はら》いたまえ、清めたまえ、六根清浄《ろっこんしょうじょう》」

それを数回にわたって繰り返すうちに、ユウリは、自分にまとわりついていた穢《けが》れのようなものが徐々に洗い流されていき、代わって、背中を貫く一本のまっすぐな気の通り道ができるのを感じた。

気分も、やけに晴れやかで清々《すがすが》しい。

さすが、隆聖である。

短い時間で、これほどの浄化を行えるというのは、ユウリ自身の自浄能力もさることながら、修験道の祖である「役小角《えんのおづぬ》」以来の霊能力者と目される隆聖の実力があってのことだろう。

ややあって、ユウリは清明な気分のまま前に進み出ると、ずらりと建ち並ぶ社の真ん中に立った。

そこで、一度深く呼吸し、ゆっくりと願い事を唱え始める。

「かしこみ、かしこみ。我、ユウリ・フォーダムが高天原《たかまがはら》におわします神々にお願い申し奉る」

涼やかな声が、夜気に溶け込むように響きわたった。

「七つの神名にかけて、歳月を巡らせ、干支を順繰りに回すものの一人がこちらに落としていったものについて、伺い申す。——もし、それが失われ、時の軸になにか障りが起きているのであれば、これなるものを取り納め、凍りついてしまった時間を元どおりに動かしたまえ。こちらのものはこちらに、そちらのものはそちらに。それらすべてが、急ぎ急ぐこと、律令《りつりょう》のごとくなされることを願い奉る」

言い終わると同時に、ユウリが頭上高く手にしたモノを掲げると、ほどなくして左側の社の一つから白い光が漂い出て、ふわふわと舞い踊りながら近づいてきた。それは、しばらく様子を窺《うかが》うようにあたりを漂い、やがてユウリのそばまで来たところで、ふわりと人の手の形を取り始める。

ユウリが息をひそめてその動きを目で追っていると、ある瞬間、ユウリが掲げたモノを取り上げ、その白い光がパッと消え失《き う》せた。

まるで、目の前で手品でも見せられたかのような、早業である。

両手が空になったことを確認したユウリが、振り返って隆聖を見る。本当に、これで止まった時が動き出すのか。

だが、さすがの隆聖にも答えはわからないようで、ユウリの視線を受けても黙って様子を窺っている。

しんと静まり返る境内で、三人がかたずを呑《の》んで佇《たたず》んでいると──。

ゴオン。

どこかで、鐘が鳴った。

「あ」

シモンが声をあげ、人差し指をあげて天を指しながらユウリと顔を見合わせる。

「除夜の鐘の続きだね？」

「うん。時が戻ったんだ」

止まってしまっていた時間が、動き出した。

「一時はどうなるかと思ったけど、なべて世はこともなしか。──お疲れ様、ユウリ」

「ありがとう。シモンも」

心の底から言ったユウリが、耳を澄ませて除夜の鐘に聞き入る。

シモンも顔をあげ、遠くで鳴っている鐘の音に想いを馳《は》せた。

凍《い》てつく師走の空の下。

今、まさに年が明けようとしている。

「……今年も終わりだね」

ポツリと呟《つぶや》いたユウリの肩に腕を回し自分のほうに引き寄せたシモンが、しみじみと応じる。

「本当に。いろいろとあった一年だったけど、来年はどんな年になることやら」

「なんであれ、穏やかでいい年になるといいな」

寄り添う二人を離れた場所から眺めていた隆聖が、新たに除夜の鐘が鳴ったのを機に身を翻すと、歩き出しながら淡々と告げた。

「帰るぞ、ユウリ。俺は忙しい」

「ああ、うん」

うなずいたユウリだが、改めて時計を見て、「あ」と声をあげた。

「なんだかんだ零時を回ったから、あけましておめでとう、隆聖」

シモンが続く。

「あけましておめでとうございます、隆聖さん」

五月雨《さみだれ》式に挨拶《あいさつ》した彼らに、背中を見せたまま片手をあげて応じた隆聖は、そのまま足を止めずに歩いていった。

そこで、顔を見合わせたユウリとシモンが、歩き出しつつ忙《せわ》しなく互いに挨拶し合う。

「――ということで、新年おめでとう《ボン　エウルーズ　アネ》、ユウリ。今年もよろしく」

言葉と一緒に頰《ほお》に軽くキスをしたシモンに対し、ユウリもキスを返しつつ答える。

「こちらこそ、よろしく、シモン」

終章

翌朝。

少し遅い時間に起きたユウリとシモンが、離れに用意されたおせち料理をつまんでいると、縁側に続く窓の外で、コトコトとなにかの音がした。

気づいたシモンが、ユウリに言う。

「――今、音がしなかったかい？」

「したね」

そこで、掘《ほ》り炬燵《ごたつ》から出たユウリが、下半分がガラスになった雪見障子を開け放つ。

と――。

冬の冷たい風が室内に流れ込み、部屋の空気を一新する。

とっさに目をつぶって縮こまったユウリがふたたび目を開けると、そこには元旦《がんたん》の穏やかな景色が広がっていた。

つまり、これといって、音を立てるようなものもない。

強いて言うなら、真っ青な空に一筋、昇り龍のような飛行機雲が立っていることくらいか。

首を傾げるユウリに、背後からシモンが訊く。

「なにかあった？」

「ううん、なにも」

そこで、雪見障子を閉めようとしたユウリは、ふと、足下に手足のついた丸い時計形のぬいぐるみが置いてあるのに気づいて、動きを止める。

「――あれ、これ」

拾い上げたユウリが、驚いたように言う。

「『トキ麻呂くん』だ」

「本当だ」

シモンも驚いたように言って、『トキ麻呂くん』を眺めやる。今となってはどこか懐かしい時計を模したぬいぐるみが、ユウリの手の中からこちらを見あげている。

「……でも、いったいどこから」

シモンのあげた単純な疑問に対し、ハッと背後を振り返ったユウリが、すぐに納得したように「ああ」と声をあげた。

「……そういうことか」

だが、そう言われてもわからなかったシモンが、訊き返す。

「なにが『そういうことか』だい、ユウリ？」

「あ、えっと、ごめん」

一人合点をしていたユウリが、慌ててシモンに説明する。

「『トキ麻呂くん』が戻ってきた理由だよ。どうやら、去年の歳神様《としがみ》が間違えて持っていってしまったものを、今年の歳神様が返しに来てくれたみたいなんだ」

「今年の歳神様？」

そこで、頭の中で覚えたての干支をさらったシモンが、やがて水色の瞳を大きくしてユウリを見つめる。

「え、でも、今年の歳神様って……」

「そう。辰《たつ》だから、龍だね」

「つまり、ここに、龍が来たってこと？」

「そう」

「想像上の？」

「想像なのか、なんなのか——」

そこで、チラッと背後を振り返ったユウリであるが、そこには、もう青い空を切り裂く白い飛行機雲の影は微塵《みじん》も残されていなかった。

ややあって、半信半疑の様子だったシモンが、肩をすくめて考えを改める。

「まあでも、なにが届けてくれたにせよ、クリスへのお土産が戻ってきてよかったね。僕も嬉しいよ」

「本当に」

後ろ手に雪見障子を閉めつつ応じたユウリが、「ということで」と提案する。

「せっかく歳神様の来訪もあったことだし、幸先《さいさき》のいい一年を祝って、もう一度お屠蘇《とそ》で乾杯しない？」

「いいね」

こうして、二人の新たな年は滞りなく流れていった。

福《ふく》良《ら》雀《すずめ》の怪

1

「あ」

十二月末にしては春めいた暖かさの中、ふいに近くであがった声に対し、シモン・ド・ベルジュは鑑賞していた茶器を手にしたまま、視線だけを友人のほうに向ける。

白く輝く金の髪。

南の海のように澄んだ水色の瞳《ひとみ》。

フランス貴族の末裔《まつえい》である彼は、日本式庭園に面した縁側《えんがわ》にあっても、降臨した大天使のごとく優雅で神々しい。

「どうかしたのかい、ユウリ?」

彼が尋ねると、広げた掛け軸を持った状態で口をあけて空を見あげていたユウリ・フォーダムが、「ああ、えっと……」と言葉を濁しながらシモンのほうに顔を向けた。

高雅なシモンとは対照的に、黒絹のような髪に漆黒の瞳を持つユウリは、さほど目立つ容姿をしているわけではなかったが、清潔感のある凛《りん》とした佇《たたず》まいが相対する人間を惹《ひ》きつけてやまない。

シモンも、そんなユウリの存在をなによりも大切にしている一人だ。

「なんというか」

ユウリが、しどろもどろに続けた。

「もしかしたら、ちょっとまずったかもしれない」

「まずった？」

「……うん」

答えはするが、かんじんの内容については、いっこうに説明してくれない。こういう時はたいてい、ユウリ自身が現状に対して戸惑っている。

おそらく、言葉では説明できないなにかが起こったに違いない。

なんといっても、とてつもない霊能力の持ち主であるユウリのまわりでは、その手のトラブルがよく起きる。

長年の付き合いで、頻発する超常現象のことは彼なりに理解できるようになってはいたが、残念ながら、自身は霊能力を持たないシモンが、現在の見えない状況に対し、もう少し詳しい話を聞けないものかと質問を重ねようとした時だ。

「なんや、ユウリ」

京訛《なま》りのある日本語で声がかけられると同時に、その場に一人の青年が姿を現した。

ユウリと同じ東洋風の顔立ちをしているが、柔和なユウリとは違って、日本刀のような鋭さを秘めた青年である。

幸徳井《かでい》隆聖《りゅうせい》。

古都京都に暮らすユウリの母方の従兄弟《いとこ》だ。

しかも、生家が平安時代から続く陰陽道《おんみょうどう》宗家である彼は、ユウリに勝るとも劣らない霊能力の持ち主であった。

シモンとユウリは、フランスのロワール地方にあるベルジュ家の城でホワイト・クリスマスを過ごしたのち、二人して年末の日本へと渡り、このまま、正月を日本で迎える予定になっている。

そして、これといって出かける計画もないまま、慌ただしい年の瀬を迎えてしまった中、なにをして過ごそうかと考えていたところへ、幸徳井家が大掃除の一環として、所蔵する骨董品《こっとうひん》の入れ替えをするという、なんとも耳寄りな情報が入ってきたため、鑑賞がてら、こうして手伝いにきたのだ。

「あ、隆聖」

振り返ったユウリに向かい、隆聖が畳みかけるように尋ねる。

「途方に暮れているようだが、もしかして、つくも神でも出たか?」

「あ、えっと」

「つくも神が出た」など、世間の常識で考えたら、もののついでにするような会話の内容ではなかったが、ユウリはごく当たり前の様子で答えていた。

「出てないよ」

否定したあと、曖昧《あいまい》な説明を続ける。

「つくも神が出たというより、この場合、それに近いものが出ていったというか」

「出ていった？」

その表現を聞き咎《とが》めた様子の隆聖に対し、ユウリが「ほら」と手にした掛け軸を見せながら非現実的なことをのたまう。

「どうやら、絵の中の雀を逃がしてしまったみたいなんだ」

「――雀を逃がした？」

なんとも自然体で会話するユウリと隆聖のかたわらで、慣れないシモンだけが、その異様さを口にした。

「え、そんなことがあるんだ？」

「ああ、うん」

認めたあとで、ユウリが申し訳なさそうに付け足す。

「……なんか、ごめん、シモン」

「いや、別に、そこで謝る必要はないけど」

ところ変われば、常識も変わる。

もちろん、これは、ここが日本だからというより、もっとずっと限定された場所にまつわる常識であるとはいえ、通用するのだからしかたない。

「そうか、雀がねえ」

言いながら、シモンも横からくだんの掛け軸を覗《のぞ》き込《こ》む。

その掛け軸には、左側にうっすらと青みを帯びた孟宗竹《もうそうちく》が描かれているが、全体的にバランスが悪く、右側に不自然な空白が存在している。そこに、鳥とか小動物でも描かれていれば、ちょうどいい塩梅《あんばい》なのに、なぜかぽっかりと空いているのだ。

そして、ユウリの言葉から察するに、そこには、本来、雀が描かれていたらしい。

掛け軸を見た隆聖が口元だけで笑い、「なるほど」と応じる。

「あいつら、久々に空を飛びたくなったか」

「──久々に？」

訝《いぶか》しげに繰り返したシモンが、念のために訊《き》く。

「ということは、前にも同じようなことがあったんですか？」

「ああ。──真に偉大なる芸術家の絵には、魂が宿りやすい」

さらりと言った隆聖が、「まあ」とユウリを見て慰める。

「飛んでいってしまったものはしかたない。おそらく、自由を満喫して気がすんだら、おのずと戻ってくるだろう」

ひとまずは鷹揚《おうよう》さを見せた隆聖であるが、すぐに「ただし」と命令口調で付け足した。

「年が明けても戻らないようなら、お前が責任を持って回収してこい、ユウリ」

「え、僕が？」

「そうだ。――逃がしたのは、お前やからな。失態をしでかしたら、後始末をするのが筋ってもんや」

「そうかもしれないけど……」

今一つ消極的な様子のユウリに向かい、隆聖が脅すように付け足した。

「言っておくが、いちおう、これは、幸徳井家の存亡にも関《かか》わることやからな」

そんな大事になるとは思っていなかったらしいユウリが、漆黒の目を見開いて驚く。

「え。そんなに？」

「ああ」

大真面目にうなずいた隆聖が「なんといっても」とその理由を口にする。

「竹と福良雀の意匠が表すのは、一族の繁栄や」

「へえ、知らなかった」

応じたユウリは、改めて掛け軸を見おろして呟《つぶや》く。

「……縁起物であるのはなんとなく知っていたけど、そうか、一族の繁栄ねえ」

そんなユウリに対し、あたりを見まわした隆聖が別のことで文句を言う。

「それはそうと、ユウリ、道具類の虫干しを手伝う気がないなら、どこかよそに行ってくれないか。ここにいても邪魔になるだけや」

「大丈夫。手伝っているから」

その言い分は、ほとんど「蕎麦屋《そばや》の出前」であった。

というのも、博物館級の道具類が蔵の中にゴロゴロと眠っている幸徳井家の所蔵品を見るのは、とても新鮮で楽しい。

それで、つい、手のほうが疎《おろそ》かになってしまう。

それは、口で否定したところで、あたりを見まわせば火を見るより明らかで、その場でおざなりに手を動かし始めたユウリを、隆聖が呆《あき》れた様子で眺めやる。

そんな二人を見て、これに関しては、ユウリとほぼ同罪のシモンが小さく苦笑した。

「――とにかく、邪魔だけはするな」

多忙な隆聖がその場から立ち去ったあと、改めて桐箱《きりばこ》の一つを手に取ったユウリに、シモンが話しかける。

「ユウリ、一つ、訊いてもいいかい？」

「もちろん」

「来年の干支はたしか『酉』ではなかったはずだけど、それなのに鳥類の絵柄のものを出す意味って、なにかあるのかい？」

「ああ、うん」

うなずいたユウリが、桐箱の蓋《ふた》を開けながら「わかりにくいことではあるんだけど」と説明する。

「酉年のトリは『鶏』と書く、いわゆる『ニワトリ』のことだから」

「ということは、雀は関係ないいんだね？」

「そう。関係ない」

認めたユウリが、「単純に」と続ける。

「『縁起物』と呼ばれる意匠の一つである竹と福良雀の掛け軸を久々に出そうということになっただけだと思う。初釜《はつがま》のお茶室とかに飾るんじゃないかな」

「縁起物か」

呟いたシモンが、「それなら」と質問を重ねた。

「『福良雀』というのは、ふつうの雀とは違うのかい？」

「一緒だよ。――『福良雀』は、冬場、寒さをしのぐために丸まってふっくらしている雀を指す言葉で、愛《め》でるついでに、『福が来る』という意味合いの『福来雀』とか、よいことという意味で『福良雀』なんていう漢字を当てたんだろうね。――実際、真ん丸い雀を意匠化した柄が、着物や帯に使われたりするし、そういう名前の帯結びまであるくらいなんだ」

「ふうん」

相槌《あいづち》を打ったシモンが、しみじみと言う。

「やっぱり、日本文化は奥が深い」

桐箱から来年の干支の形をした香合《こうごう》を取り出していたユウリが、「誉《ほ》めてくれるのは嬉《うれ》しいけど」と応じる。

「それを言ったら、『図像学《イコノロジー》』なんてジャンルが確立しているヨーロッパ文化はもっとすごくない？」

「まあね」

認めつつも、別の掛け軸を眺めたシモンが「もっとも」と付け足す。

「宗教が根本にあるせいか、どこか厳《いか》めしい印象の拭《ぬぐ》えない西洋の図像に比べて、日本の意匠は茶目っ気があるというか、どこか楽しい感じがしていい」

「……茶目っ気ね」

シモンの感想になにを思ったのか、ユウリがふと冬空を見あげて呟いた。

「それにしても、彼らに、戻ってくる気はあるのかなあ……」

2

数日後。

除夜の鐘を聞きながら近くの神社まで参拝に出かけたユウリとシモンが、家に戻るために夜道を歩いていると、暗がりでなにかが「チチッ」と鳴いた。

足を止めたユウリが、暗い夜空を見あげる。

「どうかした、ユウリ?」

数歩先で立ち止まったシモンが振り返って尋ねる。

「あ、うん」

シモンのほうを見ずに答えたユウリが、「今」と続ける。

「なにか聞こえなかった?」

「なにかって、なに?」

わざわざユウリのそばまで戻ってきたシモンが、寄り添うようにかたわらに立って一緒に空を見あげる。

ユウリが答える。

「僕にもよくわからないけど、『チチッ』って、雀が鳴いたような」

言っているそばから、ユウリがシモンのコートの袖《そで》を摑《つか》んで注意をうながす。

「——あ、ほら、また」

耳を澄ませたシモンが、「たしかに」とうなずいた。

「聞こえたかもしれない。——でも、夜だし、雀ということはないよ。まあ、この時間帯なら蝙蝠《こうもり》だろう」

だが、せっかくの言葉も耳に入っていない様子のユウリが、真剣な面持ちになってシモンの腕を引いて歩き出す。

「行こう、シモン。ここにいるのは危険かもしれない」

「危険?」

「うん。——なんか、とてつもなく悪い予感がするんだ」

「悪い予感って、たとえばどんな?」

訊き返しながらも一緒に歩き出したシモンに、ユウリが答える。

「詳しくは答えられないけど、避けるべきなにかが近くにいるのは、間違いないよ」

「『避けるべきなにか』って?」

「わからないけど、途中で、そうとは知らずに魔の通り道でも踏んでしまったのかもしれない。京都は歴史が古いだけに、その手の禁域が、そこここにあったりするんだ」

説明しながらどんどん急ぎ足になっていくユウリに向かい、その時、真正面から黒い影がぶつかってきた。

パタパタ。

ぶつかる一瞬、小さな羽ばたきのような音がする。

「うわっ」

とっさに腕をあげて宙を払ったユウリのまわりで、二度、三度と黒い影が躍る。

「ユウリ⁉」

異変を察したシモンが足を止めようとしたが、ユウリがそれを阻んだ。

「止まらないで、シモン」

「だけど、君が——」

「大丈夫だから」

言葉だけでなく、走りだしながらふたたびシモンの腕を取ったユウリが、急《せ》かした。

「とにかく、急いで、シモン」

「でも、今のは？」

「知らない。でも、その後ろからなにかが追ってきている」

なんとも恐ろしいことを聞かされ、シモンは、すがめた目でユウリの頭越しに背後を見やる。

だが、そこには、ただ暗い夜道があるばかりで、特になにも見えない。——ただ、ほんの一瞬、気のせいなのかどうか、暗がりが、いつもの暗がり以上の暗さを帯び、中心部分に黒い陽炎《かげろう》が揺らめき立ったようにも思えた。

と、その時。

「チチッ」

すぐ近くで、ふたたび鳥の鳴き声がした。

今度は、シモンにもはっきりと聞こえた。

気を取られたシモンの腕を引き、ユウリがふいに方向転換する。

「シモン、こっちだ」

向かった先に小さな神社の鳥居が見え、二人は全力疾走で境内に走り込む。足下で玉砂利が弾《はじ》け、静かな境内の空気を揺らした。

だが、それもすぐにおさまり、神域らしい静謐《せいひつ》な空気が、二人を迎えてくれる。

ようやくホッとして立ち止まったユウリが、息を整えながら振り返ると、鳥居の向こうに大きな影が蠢《うごめ》いているのが見えた。それは、先ほどユウリを襲った小さな影とは明らかに違う、どう見ても鬼としか思えないシルエットをしている。

「……鬼」

呟いたユウリを見おろし、シモンが訊き返す。

「鬼？」

「うん」

「本当に？」

「間違いない。あれは、鬼だ。――ということは、やっぱり、気づかずに百鬼夜行のようなものを横切ってしまったのかも」

シモンには見えないが、ユウリがそう言うからにはそうなのだろう。

それに、よくよく目を凝らすと、先ほどと同じように、シモンにも、暗がりに黒い陽炎が立ちのぼっているように見えた。

そうして、しばらく二人して通りのほうを眺めていたが、ややあってシモンが訊く。

「それで、これからどうするつもりだい、ユウリ？」

「そうだね」

応じながら、少し考え込んだユウリが続ける。

「たぶん、僕たちの匂《にお》いを覚えられてしまったはずだから、へたに動かないほうがいいと思うんだ」

「動かないって」

シモンが、あたりを見まわしながら問う。

「つまり、打つ手なし？」

「うん」

認めたユウリが、珍しく、あっさり白旗をあげた。

「ということで、今から隆聖に電話して、迎えに来てもらうことにする」

霊能力のことで他人を頼るなど、いつものユウリならありえないことであったが、郷に入っては郷に従えで、やはり、日本の怪異に対しては、日本の流儀に沿った技を使う隆聖に敵《かな》うものではないのだろう。

そして、そんなあり方こそが、ユウリと幸徳井隆聖の関係性を表してもいた。

決して超えることのない師匠と弟子。

血縁という繋《つな》がり以上の絶対的な信頼関係が、そこには見え隠れしている。

いささか複雑な気持ちを抱くシモンの横で、携帯電話を取り出したユウリが隆聖に連絡を取る。

3

三十分後。

鳥居の向こうに、一台のハイヤーが横付けされた。

後部座席から降り立ったのは、もちろん黒いロングコートに身を包んだ幸徳井隆聖であるが、彼はすぐには鳥居をくぐらず、周囲に視線を投げると、小さく不敵に笑い、その場で印を結んで真言を唱え始めた。

大晦日《おおみそか》の晩に、朗々と響きわたる聖なる呪文《じゅもん》。

その立ち姿は、夜目にも青く光り輝いて見えた。

最後に、隆聖が断固たる口調で命令をくだす。

「――悪鬼退散。急々如律令《きゅうきゅうにょりつりょう》！」

とたん。

ビシッと。

あたりの空気が震え、一瞬ののち、爆風がユウリたちのところまで届いた。

とっさに腕で顔を守った二人の髪が、それぞれ、風に煽《あお》られて揺らめく。

ほぼ同時に、頭上で、なにかの悲鳴のような、あるいは、金属をこすったような不快な音が響きわたる。

なにかが消え去る前の、断末魔の声か――。

やがて、ふたたび静まり返った境内を、底冷えする冬の夜が包み込む。しかも、心なしか、これまでより大気が清浄さを増したようだ。

結局、この場に現れて数分で、隆聖は、あっさり鬼を退治してしまったらしい。陰陽道宗家の未来を担う男にとって、この程度の怪異は日常茶飯事なのだろう。

懐中電灯を手に鳥居をくぐって歩み寄ってきた隆聖が、ユウリの前に立って言う。

「――ったく。なにをやっているんや、お前は」

「ごめん」

「本当に、追われるまで、鬼の存在に気づかなかったのか?」

「うん。全然、気づかなかった。気づいた時には、もう追われていたんだ。――というか、鳥の鳴き声で気づいたんだけど」

ユウリが説明すると、暗がりで首を傾《かし》げた隆聖が、「鳥?」と意外そうに繰り返す。

「夜に鳥が鳴いたのか?」

「うん。『チチッ』って、雀みたいな鳴き声だった」

「雀ね」

得心した様子でうなずいた隆聖が、その正体を言い当てる。

「それなら『夜雀《よすずめ》』やろう」

「『夜雀』？」

「『送り雀』や『袂雀《たもとすずめ》』など異称も多いが、なんであれ、魔物や山犬などの先触れとして現れるものとして知られている」

「へえ」

その時、懐中電灯に照らし出されたユウリを見ていたシモンが、「あれ？」と意外そうな声をあげ、ユウリが着ている煉瓦《れんが》色のコートに手を伸ばす。

「ユウリ、このコート、前から模様なんて入っていた？」

「え？」

ユウリが自分の服に視線を落とし、同じタイミングで隆聖が懐中電灯を向けた。

そのコートは、先日、クリスマス・プレゼントとして父親が買ってくれたものであったが、ロンドンの店にあった時から今の今まで、無地だったのは間違いない。

だが、シモンの指摘どおり、そこには、それまでなかった真ん丸い形の絵柄があるのが見て取れる。

「あれ、嘘《うそ》。なんで？」

狼狽《うろた》えるユウリの前で、絵柄をザッと見た隆聖が短く告げる。

「この形は、どう見ても福良雀やな」

「あ、本当だ。たしかに福良雀かも」

認めたユウリが、「でも」と不思議そうに首を傾げる。

「いつの間に?」

「まあ、おそらくだが」

懐中電灯をさげた隆聖が、状況を分析する。

「今しがた……?」

「今しがたやろ」

「ああ」

うなずいた隆聖が、「そもそものこととして」と続ける。

「先ほどの鬼の注意を引いたのは、お前ではなく、絵から抜け出して飛び回っていたそいつらやったんや。それが、鬼に囚《とら》われて先触れにされてしまい、たまたま通りかかったお前に助けを求めた」

「……助けを?」

繰り返したユウリが、「それなら」と確認する。

「僕が聞いた鳴き声は——」

「当然、そいつらや」

明言され、ふたたびコートを見おろしたユウリが、「だとしたら」と言う。

「これって、僕が逃がしてしまった例の『福良雀』たちが、巡り巡って、無事に僕のところに戻ってきてくれたってことになる？」

「ま、大まかに言えば、そういうことになる」

認めた隆聖がクルリと踵《きびす》を返し、「ということで」と言った。

「よかったな、ユウリ。捜す手間が省けて」

「たしかに」

「あとは、帰ってから、そいつらを掛け軸に移すだけや」

そこで、ユウリが、シモンとともにあとを追いながら確認する。

「それは、隆聖が――」

押しつけようとしたが、世の中、そんなに甘くはない。

みなまで言う前に、けんもほろろに断られた。

「アホか。お前の仕事やろう、ユウリ。こうして迎えに来てもらえただけ、ありがたいと思え」

「……まあ、そっか」

歩きながら肩をすくめたユウリを、シモンが同情的に見守る。

正月早々、なにかと忙《せわ》しなくなりそうではあったが、それでも、こうして二人一緒に過ごせるのであれば、ユウリもシモンも、それだけで十分満足だった。

年の瀬。
除夜の鐘が鳴り響く、古都京都での出来事だった。

瑞鳥《ずいちょう》の園

序章

ガタン。

ガタン、ガタン。

車輪が轍《わだち》を外れるたび、車体が浮いて身体《からだ》がはねた。

馬車は、すごい勢いで夜道を走っている。

まるで、なにかから必死で逃げているかのように——。

だが、ふだんなら気になる揺れも、馬車の中にいる青年には届いていない。血の気の失《う》せた顔をしたまま、ただ揺れに身を任せている。

漆黒の髪に漆黒の瞳《ひとみ》。

のっぺりとした顔立ちは明らかにアジア系のもので、小柄な身体つきも西洋ではあまり見ないタイプだが、その顔は今、恐怖と混乱に歪《ゆが》んでいる。

(——アレは、なんだ?)

青年は訳がわからないなりに、理性を総動員して考えていた。

（先ほど見たアレは、いったい……？）

複雑な魔法円《マジックサークル》と、その中に立ちのぼった黒い影。

その後、部屋にはおぞましい臭気が漂い、背筋を凍らせるほどの冷気が立ち込めた。

（あるいは、霊気か――）

あんなもの、青年は故国でやった墓場の肝試しでも見たことがない。

すると、彼の前に座る青年が、緑色の瞳でこちらを見つめながら告げた。

「だから、言っただろう。――悪魔はいるって」

亜麻色の髪に面長の顔。

黒髪の青年に比べ、こちらは明らかに西洋の、しかもアングロ・サクソン系の容姿をしている。

黒髪の青年が訊《き》き返《かえ》す。

「……あれが、悪魔？」

「そう、悪魔だ。いい加減、認めろ」

ガタン、と。

大きな揺れに身を浮かせたあとで、亜麻色の髪の青年が続けた。

「ということで、賭《か》けは僕の勝ちだな。だから、君が命の次に大事にしているという、例の鳥のモチーフの装飾品をもらうよ」

とたん、それまでの恐怖心を忘れたかのように、黒髪の青年が顔をあげ、首を横に振って断った。

「いや、やっぱり駄目だ。あれは、渡せない」

「バカな――」

亜麻色の髪の青年が、声高に告げる。

「今さら、そんなことを言っても手遅れだよ。君は、あれを賭けたんだ。――つまり、アレが悪魔への貢ぎ物となる」

だが、黒髪の青年も頑固に言い張った。

「嫌だ。というか、本当に駄目なんだ。勘弁してくれ。あれを渡すくらいなら、いっそのこと、僕はこの命をくれてやる。それくらい、大事なものなんだから」

とたん、文字どおり飛びあがって驚いた亜麻色の髪の青年が、「ああ、君は！」と恐怖にかられたように嘆いた。

「なんて愚かな――」

「愚かなものか」

「いや、愚かだよ」

断言した亜麻色の髪の青年が、「だって」と告げる。

「僕は、初めに言ったはずだ。命を賭けるほどバカなことはないから、代わりとなるものを賭けろ、と。そして、それは惜しげなく差し出せって」

「たしかに聞いた」

認めた黒髪の青年に、亜麻色の髪の青年が「だったら」と説得するが、相手はかたくなに拒否した。

「でも、だめなんだ。アレはやれない」

「代わりに、魂を取られてもか？」

「そうだ！」

言い切った黒髪の青年は、続けて挑発的に言い放つ。

「取れるものなら、取ってみろ！」

「ああ、君は本当に大馬鹿者《おおばかもの》だ」

車輪の音に負けないよう大声になりながら、亜麻色の髪の青年が言う。

「というのも、悪魔は、いつだって人間の魂を手に入れようと、手ぐすねを引いて待っているんだからな。そのためなら、どんなことでもするだろう。どうして、それがわからない。悪魔を軽く見てはいけないと、あれほど口を酸っぱくして――」

今や叫ぶほどの音量になっていた声が、ふいに止まった。同時に、亜麻色の髪の青年がなにかに気づいたように窓の外を見る。

ガラガラガラガラ。

ガラガラガラガラ。

聞こえてくる車輪の音が、やけに高い。

「……速くなっていないか？」

亜麻色の髪の青年が、呟《つぶや》く。

外は暗くてなにも見えないが、車輪の音が高くなったということは、速度があがったということだ。

もともと、夜道にしては飛ばしすぎてやしないかと思っていたが、今や、馬車は、まさに飛ぶような勢いで走り始めていた。

一寸先も見えない闇《やみ》の中で、この速さは命取りと言えよう。

亜麻色の髪の青年が背後を振り返り、馬車の壁を叩《たた》いて叫ぶ。

「おい、馭者《ぎょしゃ》！　いくらなんでも速すぎるだろう。もっとスピードを落とせ！」

だが、なにも聞こえていないのか、馬車のスピードはいっこうに遅くならない。むしろ、どんどん速くなっているようだ。

「おい！」

ドンドンと叩いていた亜麻色の髪の青年が、埒《らち》が明かないと思ったのか、今度は窓から身を乗り出して馭者に直接話しかける。

「おい、お前、スピードを出しすぎ――」

だが、次の瞬間。

「うわああああああああ!!」

彼の絶叫が、あたりに響いた。

というのも、その時、叢雲《そううん》の陰から月明かりが射《さ》し、暗がりに沈んでいた馭者台を明るく照らし出したのだが、そこに馭者の姿がなかったからだ。

代わりに手綱を握っていたのは、暗闇に赤い目を光らせた悪魔だった。

その直後。

大きな轍に乗り上げた馬車が、そのまま制御を失って道からはずれ、何度かバウンドしながら派手に横転した。

すさまじい音がして、折れた車軸がはじけ飛ぶ。

足の骨を折った馬がもんどり打って倒れ、苦しげにいなないた。

弧を描いて宙を飛ぶ人体。

凄惨《せいさん》な現場に血のにおいが漂い、飢えた狼《おおかみ》たちの遠吠《とおぼ》えがあちらこちらで呼応する。

十九世紀末。

それは、まもなく新しい時代が来ようとしている大英帝国での出来事であった。

第一章　フレイザー家の遺産

1

目の前に、青い空と紺碧《こんぺき》の海が広がっている。

さんさんと降り注ぐ太陽。

そんな太陽の光を集めたような白く輝く淡い金の髪をしたシモン・ド・ベルジュは、外の景色から目の前に座る父親のほうへ視線を戻し、「それで」と尋ねた。

「そろそろ、こんな遠くまで来て、二人きりの時間を持とうとした、その本当の理由を聞かせてはもらえませんかね、お父さん」

モナコ公国にあるベルジュ家の別荘。

四方をガラス壁に囲まれ、まるで海と空に囲まれてでもいるように開放感のあるモダンな食堂では、先ほどから、父親のギョームと長男のシモンが親子水いらずの食事を楽しんでいた。

「おやおや」

ギョームが、給仕されかけたワインのお代わりを片手で制し、口元を拭《ふ》いたナプキンをおろしながら呆《あき》れたように息子を眺める。

寸分の狂いもなく整った顔。

大天使が降臨したかのような均整の取れた体軀《たいく》。

親の贔屓目《ひいきめ》を差し引いたとしても、シモンの造形の美しさには神の起こした奇跡を思わずにいられない。

ギョーム自身、年のわりに若々しく、それなりに整った容姿をしているとはいえ、この神々しい息子の前では、すべてが色褪《いろあ》せて見えるのは否めない。

それを、親として誇らしく思うべきなのか。

それとも、同じ男として、嫉妬《しっと》の炎を燃やすべきか。

ギョームの場合、ほぼ百パーセント前者で、シモンが息子であることを自慢に思っているし、目に入れても痛くないほど愛していた。

ただ、残念ながら、息子のほうも同じであるとは言いがたい。

それは、世間一般の親すべてが思うことであるとはいえ、人一倍自立心の強いシモンの反抗期はかなり早くに訪れ、そしていささか長かった。

それが、ここ数年、ようやく落ち着き、以前ほどは親子喧嘩《げんか》をしなくなっていたが、ともすれば、まだこんなふうに疑いの目を向けてきたりする。

(五歳くらいまでは、本当にあどけなくて、天使のように可愛《かわい》かったのに……)

淋《さみ》しく思いながら、ギヨームは言った。

「お前は、いつからそんなに警戒心が強くなったんだ?」

「たぶん、物心ついた時からでしょう」

「そんなに昔から?」

おもしろがるように驚いてみせたギヨームが、「ただ、悪いが」と説明する。

「お前のまわりにいる油断のならない連中と違い、私には、お前が勘繰るような裏の意図などなにもないよ。——純粋に、たまには男同士の時間を持つのもいいのではないかと思っただけで」

「純粋に——。そうですか」

そこで、ワイングラスに手を伸ばしたシモンが、それを回しながら、こちらも若干おもしろがる様子で訊《き》き返《かえ》した。

「それなら、僕はなんの躊躇《ちゅうちょ》も懸念もなく、年末の日本を存分に楽しんできていいわけですね?」

今は秋だが、すぐに、一年の締めくくりである冬がやってくる。

ベルジュ家の居城であるロワールの城で家族と過ごすノエルもいいが、シモンは、このところ、大親友であるユウリ・フォーダムの故郷日本で、彼と二人まったりとくつろいだ年越しをするのが格別の喜びとなっていた。

「もちろんだとも」

鷹揚《おうよう》に応じたギョームが、「ただし」と付け足した。

「せっかく時間とお金をかけて行くんだ、ちょっとしたお使いくらいは頼んでもいいだろう？」

それに対し、「ほらきた」と言わんばかりに口元で笑ったシモンが、水色の瞳《ひとみ》をスッと細めて言い返す。

「つまり、やはり、含みはあったわけですね？」

「いや、含みなんて」

苦笑したギョームが、肩をすくめて応じる。

「そんな大仰なものではない。本当に、ちょっとしたお使いだよ」

「ちょっとした……ねえ」

とてもそうは思えなかったシモンが、「だとしたら」と続ける。

「まあ、渡英中のアンリはともかく」

英国留学している異母弟を除外してから、核心に触れた。

「その『お使い』とやらは、ここにいないお母さんや双子の妹たちとまったく関係がないということですか?」

鋭い指摘を受け、「ああ、それは」とギョームがたじろいで応じる。

「必ずしもそうとは言い切れない。――というか、そう、お前の言うとおり、まさにそのことで相談があってね」

結局、裏の意図があることを吐露したギョームが、シモンにしても意外な事実を付け足した。

「いや、『お前に相談』というより、『ユウリ君に』と言うべきかな」

「ユウリに?」

突如、親友の名前をあげられ、シモンが秀麗な顔を軽くしかめた。

先ほども名前が出たとおり、ユウリ・フォーダムはパブリックスクール時代からの大親友で、シモンがこの世でなによりも大切にしている存在だ。

ユウリのことを一言で説明するなら「聖人」だと、シモンは思っている。

欲がなく、どこまでも清らかで、人のために力を尽くすことを惜しまない。

そのうえ、あまり大きな声では言えないが、並みいる「聖人」たちを凌駕《りょうが》するほどの霊能力の保持者で、見えないものを見たり、聞こえないはずの声を聞いたりして、その悩みを解決してきた。

そんな人の好《よ》いユウリを利用しようとする輩《やから》を、シモンはこれまで幾度となく退けてきたのだが、昨今は、彼の家族までもがユウリを頼みとすることが増えていて、なんともはや、頭の痛いことである。

本気の警戒心を見せたシモンに、ギョームが「あ、いや」と言い募る。

「正確には、フォーダム家、さらにはフォーダム家を通じてあちらのご親戚《しんせき》に力を貸してもらって話を通しているところなんだが」

そこに至って、シモンは珍しく話の筋を見失って首を傾《かし》げた。

「すみません。言っている意味が、よくわかりませんが？」

「うん、だろうね」

認めた父親が、「私も」と続ける。

「なにをどう説明したらいいかわからないんだが、まず、お前も知ってのとおり、遅れていたマリエンヌとシャルロットの社交界デビューが来年に決まって」

ベルジュ家の至宝と目される天使のように愛らしい双子の姉妹の名前があがり、シモンは慎重に相槌《あいづち》を打つ。

「……ああ、そうでしたね」

「それで、その時に着る衣裳《いしょう》を巡り、早々にすったもんだが巻き起こったんだ」

「なるほど」

シモンも、そこは納得する。

女性は、おのれを着飾ることに関しては、年齢など関係なくわがままになるものだ。

だから、ふだんは仲のよい親子の間であれこれ意見の相違があったとしても、別段おかしくはないのだが、問題は、その件が、ユウリたちとどう関係してくるのかということだった。

少なくとも、この時点では、まだ話の筋は見えていない。

だが、ギョームは、そこで、またしても一足飛びに言った。

「ということで、いろいろな問題を円満に解決するためにも、お前には、京都でぜひやってきてほしいことがある」

「……はあ」

なにが、「ということで」なのか。

結局、話の筋がよく見えないまま、シモンはある大役を引き受けることとなった。

2

ところ変わって、英国東部。

ピューリタン革命の英雄、クロムウェルにゆかりのあるハンティンドンのパブで、英国きっての豪商として名高い「アシュレイ商会」の異端児、コリン・アシュレイが、これといって特徴のない平凡な青年であるニック・ポトマックと相対していた。

傍若無人。

傲岸不遜《ごうがんふそん》。

博覧強記。

アシュレイという人間を表現するなら、そんな単語がピッタリとあてはまるが、それらの性質があまりに突き抜けているせいか、彼と対面していても嫌みったらしさは微塵《みじん》もなく、むしろ気持ちがいいほどの高慢さであるといえた。

しかも、黒いタートルネックのセーターに黒いロングカーディガンを合わせた姿は、人を小ばかにしてやまない悪魔の姿を彷彿《ほうふつ》とさせる。

とにもかくにも、彼のすべてが「凡庸」とはかけ離れたものであった。

片や、ニックは、アシュレイとは対極にあるというくらい、あらゆることが「凡庸」の域にきれいに収まっている。

顔立ちはどこにでもいるアングロ・サクソン系のものだったし、体格は中肉中背、着ているものも、英国の一般的な青年の五人に一人は着ていそうなものである。

そんなニックは、アシュレイに会うたび——とはいえ、まだ三度目の邂逅《かいこう》に過ぎないのだが——、その蠱惑的《こわくてき》な魅力にはまっていく自分を感じていた。

(悪魔を信奉する人たちって、実はこういう気持ちなのだろうか……)

本日も高飛車な態度で目の前に座っているアシュレイを見ながら、ニックは思う。

言葉の端々でバカにされ、揶揄《やゆ》されているのはわかるのに、それが妙に気持ちがいいというか、もっとそばにいていろんな話がしたくなる。危険だとわかっているのに、さらに近づきたいと思ってしまう、なんともやっかいな相手である。

なにを考えているのか。

ふだん、どんな生活をしているのか。

覗《のぞ》き見《み》をしたくてしかたない。

そんな憧《あこが》れを抱きつつ、ニックが言った。

「——祖母が、君に、とても感謝していた」

アシュレイが底光りする青灰色の瞳でニックを見すえる。言葉にはしなかったが、その目が、「当然だろう」と傲岸に告げていた。

言葉数の少ない相手の反応には慣れ始めているニックが、勝手に続ける。

「祖母は、ふだん、あまり知らない人を家に招き入れたりしないんだけど、今回は、特別に招待するそうで、見たいものは、なんでも見てくれていいと」

「そりゃ、どうも」

やはり、当然とばかりに、アシュレイがようやく相槌を打った。

先日、ある件でポトマック家に恩を売りつけたアシュレイは、その見返りとして、ニックの祖母が相続したフレイザー家の蔵書類を見せてもらうことになっていた。

すでに、価値のある稀覯本《きこうぼん》が何冊か、ロンドンのオークションハウスで競りにかけられ散逸してしまっているが、幸い、アシュレイの興味は、それらのものとは少しずれたところにあり、今回は、未公開のままの蔵書類を調査しに来たのだ。

なにを聞いても、特にありがたがるわけでもないアシュレイに対し、ニックが「ああ、ただ」と注意事項をあげる。

「フレイザー家の先祖が残した備忘録などが置いてある屋根裏部屋は、祖母が引き継いでからというもの、掃除はおろか、各種点検もしていないから、けっこう危険かもしれないんだ。だから、動く時は、よくよく注意しないと、いきなり床が抜けるなんてこともあるかもしれない」

真剣な面持ちで告げたニックが、「それでも」と確認する。

「見たいんだろうね？」

「ああ」

「害虫が出ても、気にしない？」

「当然」

「クモも？」

「クモも」

「ネズミは？」

　畳みかけられ、アシュレイが面倒くさそうに応じる。

「ネズミだろうがカピバラだろうが、大丈夫だ」

「あ、ごめん、カピバラなんて可愛いものは出ないけど」

　アシュレイの嫌みを鵜呑《うの》みにしたニックが、「だったら」とさりげなく付け足した。

「幽霊も大丈夫だろうね？」

　だが、ふつうの人間ならとっさに聞き流すことでも、アシュレイはそうはならない。

「——幽霊？」

　繰り返し、蠱惑的な青灰色の瞳を光らせる。

「幽霊が出るのか？」

「まあ、古い家だから」

もしかして、尻込《しりご》みされるのではないかと不安に思っていたニックだが、むしろアシュレイは興味を示して訊いてきた。

「実際に見たことは？」

「僕はないけど」

言いながら、チラッと窓のほうに視線を向けたニックが、「一度だけ」と小さな声でポツリと告げる。

「奇妙な物音なら、聞いたことがある」

「どんな？」

「それは、えっと」

まさか、具体的なことまで訊かれるとは思っていなかったニックが、顔を戻し、必死に思い出そうとする。

「小さい頃のことだからよくは覚えていないけど、そうだな、たぶん、カタカタってなにかが鳴るような音と、あと」

そこで、小さく呼吸したニックが言う。

「鳥の羽ばたきみたいな……、そんな音がしたように思う」

「へえ。……鳥、ねえ」

そのあと、しばらく考え込んだアシュレイに向かい、ニックが慌てて補足する。

「とはいえ、それは本当に小さかった頃の記憶でしかないから、保証の限りではないんだけど」

アシュレイが、眉《まゆ》をひそめて応じる。

「つまり、眉唾《まゆつば》？」

「う～ん、どうかな。そうとも言えない気がする」

本人に焦《じ》らす気はないのだろうが、なんとも曖昧《あいまい》に答えたニックが、「というのも」と理由を口にした。

「フレイザー家が断絶したのは、表向き、単純に跡継ぎに恵まれなかったということになってはいるけど、祖母の話なんかを聞くと、実は、フレイザー家は、代々悪魔を信奉していて、最後の当主となったテレンスという人は、悪魔の召喚で失敗したために、呼び出した悪魔に祟《たた》られ、断絶したということらしい」

「悪魔に祟られたか」

「そう。なんか、そんなようなサークルに所属していたとかって」

「なるほど」

納得したアシュレイが、「だとしたら」と、顔色一つ変えずに、なんとも冷静な突っ込みを入れた。

「俺たちがこれから向かう婆《ばあ》さんの家には、幽霊ではなく、悪魔が潜んでいることになるわけだ」

「──え？」

考えてもみなかったらしいニックが、ビールのグラスを持ったまま、思わず尻込みするような表情をしたのに対し、残りのビールを飲み干したアシュレイが、グラスを置いてから楽しげに告げる。

「おかげで、なんとも、ラッキーな一日になりそうだよ」

3

英国の首都、ロンドン。

その中心街から少し外れたブルームズベリーに広がる知の殿堂、ロンドン大学に近いカフェで、ユウリ・フォーダムは、同じ大学に通う仲間たちと久々に昼食の時間を楽しんでいた。

「でさ」

アーサー・オニールが、炎のように美しい赤毛を揺らしながら言う。

「そいつが、最後の決め台詞《きぜりふ》を言おうとした時——」

と、彼の言葉を遮るように、向かいの席に座るエリザベス・グリーンが甲高い声をあげた。

「きゃあ、すご〜い！　きれい！」

絶世の美女であるエリザベスは、その華やかな容姿とは裏腹に、質素で堅実な法科の学生で、ふだん、あまりはしゃいだ様子を見せることはない。それだけに、何ごとかと振り返ったユウリに、彼女がスマートフォンの画面を見せながら続けた。

「ほら。これ、ユマが、パリで社交界デビューした時の写真だって」

「……社交界デビュー?」

　呟きながら画面を覗き込むユウリの横で、一緒に覗き込んだ年下のエドモンド・オスカーが「ああ、それ」と会話に割って入った。

「俺、ネット・ニュースで見ました」

「え、ホント?」

　知らなかったらしいエリザベスが意外そうに受け、すぐさま「だったら」と不満げに付け足す。

「その時に教えてよね」

「……すみません」

　素直に謝るオスカーからユウリに視線を移し、エリザベスがエメラルドグリーンの瞳を輝かせながら言う。

「ね、すごくきれいでしょう?」

「うん。本当に」

　話題にあがっているユマ・コーエンは、ここにいる仲間の中で、オニールと並んで知名度をあげている英国の若手女優だ。しかも、オニールがアイドル的華やかさをもてはやされがちなのに対し、実力派として名をなしつつある。

　顔をあげたユウリが、改めて尋ねた。

「ユマ、社交界デビューしたんだ？」

「そう。今年になって招待状が来て」

「知らなかった。教えてくれたらよかったのに」

ユウリが若干恨めしげに言うと、ユマが照れくさそうに肩をすくめて応じる。

「ごめんなさい。でも、ベルジュはいち早く聞きつけて花を贈ってくれたし、当日も、時間がない中、わざわざお祝いに駆けつけてくれたから、てっきりユウリも知っているものと思っていたの」

「え、そうなんだ？」

シモンからはなにも聞かされていなかったユウリが、慌てて謝る。

「こっちこそ、ごめん。知らなくて」

「いいの。気にしないで」

「遅ればせながら、おめでとう」

「ありがとう」

ヨーロッパの伝統ある社交界でのデビューは、一種のステータスだ。

もともと王室や貴族のためのものであった社交界だが、昨今は、良家の令息令嬢に加え、若き著名人の社交界デビューも当たり前のこととなりつつある。

しかも遠い世界の話のようでいて、ここにいる人間にとっては、あんがい身近な話題であるといえた。

　というのも、母親が英国きっての大女優イザベル・オニールであるオニールは、すでに前年にデビューしていたし、ユウリの姉のセイラや、大親友であるシモンに至っては、かなり早いうちにデビューを果たしているからだ。

　そんな中、貴族の跡継ぎであるユウリが社交界デビューしていないのは、父親のレイモンドが、その手のことはユウリに向かないと知っていて断っているからだった。

　そのことを、ユウリは、とても感謝している。

「だけど、ベルジュといえば」

　ユマが言う。

「会場でも、あちこちで噂《うわさ》されていたんだけど、彼の双子の妹たちって、まだデビューしていないそうなの」

「へえ」

　他の三人が、興味深そうに話に聞き入る。社交界に関係あろうがなかろうが、セレブの噂話は、なんだかんだ、楽しいらしい。

「ベルジュ自身も、高校生の時にデビューしているし、あの家の格や『天使のように愛らしい双子』という話題性からしても、とっくにデビューを果たしていてもおかしくないそうなんだけど、なんだかんだ、のびのびになっているって」

ちなみに、ベルジュ家には「アンリ」という次男もいるが、しがらみをあまり好まない彼もまた、自らその権利を放棄していた。

ユウリに視線を据えたユマが、訊く。

「ユウリは、噂の二人には、とっくに会っているのよね？」

「あ、うん、そうだね」

最近大人びてきてはいるが、いまだ天真爛漫《てんしんらんまん》が服を着て歩いているようなマリエンヌとシャルロットの姿を思い浮かべつつ、ユウリが「ただ」と応じる。

「シモンの家の事情については、僕も、それほど詳しいわけではないから」

「そうなの？」

残念そうに応じたユマだが、実際は知っていたとしても、奥ゆかしいユウリが、他人の家のことをペラペラ話したりしないことは、ここにいる誰もが知っている。

そこで、彼らはそれ以上問い詰めることなく、あっさり話題を変えた。

「ま、どんな家にも、それなりの事情ってものがあるんだろうし」

「それより、週末のあのお粗末な劇の結果よ」

レヴュー誌の誌面を叩《たた》いたユマが、先ほど中断し、そのままになってしまっていたオニールの話題に戻って言った。

「あれは、いったい、どういうことなの？」

それに対し、「だから」とオニールが答えるのを聞きながら、ユウリはぼんやりと別のことに想《おも》いを馳《は》せていた。

（たしかに）

ユウリも、不可解に思う。

（なんで、マリエンヌとシャルロットは、社交界デビューをしていないんだろう……）

みんなが考えるとおり、とっくにしていてもおかしくない。

とはいえ、ここ数年、ベルジュ家でいろいろとゴタゴタがあったのは間違いなく、そのことが影響した可能性は十分ありえた。

（社交界ねえ）

改めてそのことを考えていた、その時だ。

誰かに脇《わき》をつつかれ、ユウリはハッとして顔を向ける。

すると、テーブルに肘《ひじ》をついたオニールが、顎《あご》でユウリの鞄《かばん》を指しながら教えた。

「――電話。ユウリのケータイが鳴っている」

「え、あれ、本当？」

慌てて鞄から携帯電話を取り出したユウリが、発信者を見てさらに驚く。

「あ、シモンだ」

それに対し、テーブルを囲む仲間たちが視線を交わし合う。決して敵意はないが、パリにいながら、ユウリの第一の親友の座を手放さない彼には、みなそれぞれ複雑な思いを抱いているのだ。

「シモン」

『やあ、ユウリ。よかった、つかまって』

「ごめん。もしかして、何度かかけてくれた？」

『いいや。——それより、今、君、どこにいる？』

「どこって、いつものカフェだけど」

『なら、このあと、会えないかな？』

「このあと……？」

　また、急な提案だ。

　そもそも、現在の正確な時間もわからず、あてどなく視線を彷徨《さまよ》わせたユウリに、会話の一端だけでなにがしたいかを察したらしい年下のオスカーが、スッと自分が持っているスマホを見せて時刻を教えてくれた。そのあたり、本当に行き届いた後輩である。

　ユウリが目で礼を言いながら、答える。

「大丈夫だけど、シモンこそ、どこにいるわけ？」

『ロンドン某所。……実は、急用でさっき着いたばかりなんだけど、用事自体はすぐに終わるので、そのあと、アフタヌーン・ティーでもできないかなって』

「わかった。僕のほうは大丈夫だし、なんなら夕食もうちで」

誘うが、シモンからは残念そうな声で答えが返る。

『そうしたいのはやまやまなんだけど、夜にはパリで行われる晩餐会《ばんさんかい》に出ないといけなくてね』

「そうなんだ?」

その手の社交は反故《ほご》にすることも多いシモンだが、どうやら少し態度を改める気でいるらしい。

その理由を、『なにせ』と口にする。

『年末年始、日本でゆったりと過ごすためにも、今は文句なくいい子を演じておく必要があるから』

「なるほど」

心から納得したユウリは、待ち合わせの時間を決めてしまうと、ひとまずその場は電話を切った。

4

シモンが会合の場所として指定してきたのは、ロンドンの老舗《しにせ》ホテル「クラリッジズ」の特別室だった。

ベルジュ家の定宿でもあるここのラウンジで提供されるアフタヌーン・ティーは、同じ老舗ホテル「ブラウンズ」と並んで、伝統と格式のあるものとして有名であるが、それをシモンは部屋に用意させたようである。

ホテルの格式が高いだけに、たとえラウンジでもドレスコードがあり、急な誘いで、万が一にもユウリがカジュアルな恰好《かっこう》で来ることになっても、決して肩身の狭い思いをしないでいいようにという配慮だろう。

先にホテルに着いたユウリがロビーの椅子《いす》に座って待っていると、十分ほど遅れて、シモンが扉口に現れた。

黒の喪服姿がこれほど華やかに映る人間も、めったにいない。

まるで降臨した大天使のように品格高く神々しい姿をしたシモンは、周囲から寄せられる好奇心に満ちた視線をものともせず、まっすぐにユウリのほうに歩いてくる。

「ごめん、ユウリ。遅れてしまって」

「全然」

「先に、部屋でくつろいでいてくれてよかったのに」

「うん。でも、なんとなく」

立ちあがったユウリを見て、シモンが「やっぱり」と微笑《ほほえ》みながら言う。

「ラウンジでも大丈夫だったようだね。——君のことだから、たぶん、きちんとした恰好をしているとは思ったんだけど、万が一を考えて、部屋にしたんだ」

「うん。電話を切ったあとで、そう思った」

応じたユウリが、背中を押されるようにして歩き出しながら、続ける。

「先にわかっていたら、そう言ったんだけど、ごめん、気を遣わせて」

「なにを言っているんだか」

エレベーターに乗り込んだシモンが、最上階のボタンを押しつつ言った。

「突然誘ったのはこっちなのだから、配慮するのは当然だよ」

かく言うシモンはシモンで、用事がなんであったかは一目瞭然《いちもくりょうぜん》という格好だ。

そのことを、ユウリが尋ねる。

「シモンのほうは、どなたかにご不幸があったんだ？」

「うん。僕は数えるほどしか会ったことがない人だけど、一昨日、母方の親戚が心臓発作で亡くなられて、たまたま父が母を伴ってアメリカに出張中だったことから、とりあえず、両親の名代として僕が葬儀に列席することになったんだよ」

「それは、大変だったね」

「まあ、そうなんだけど」

先にユウリをエレベーターからおろしたシモンが、案内するように先に立って歩きながら説明する。

「ただ、本当にただの名代に過ぎないから、今日のところは顔を出すだけで、本格的なお悔やみは、両親が戻り次第ということになっているんだ。だから、僕はふつうに花を手向《たむ》けてきただけで、面倒なことはなに一つしてないから」

「ふうん」

たとえそうでも、「よかったね」と言うのは違う気がしたので、ユウリはその程度の相槌を打つだけに留《とど》めた。

シモンも、それ以上その話題に触れる気はなかったらしく、部屋に入りお茶のセットが用意されたところで、「それで」とふだんと変わらない会話に切り替える。

「ここ最近は、どうだい?」

「まあ、変わらないよ」

実際、シモンとは、前回会ってからさほど時間が経《た》っているわけではないので、報告するようなことはあまりない。

「――あ、でも」

ふと思い出したユウリが、先ほどまで一緒だった友人たちとの会話を取り上げる。

「シモン、ユマの社交界デビューのことを知っていたんだってね？」

「もちろん」

当たり前のように応じたシモンに、珍しくユウリが文句を言う。

「だったら、一言教えてくれたらよかったのに」

「え、だって」

むしろ、心底意外そうに、シモンが言い返す。

「そっちの新聞で話題になっていたし、君たちは、僕と違って、ほぼ毎日顔を合わせているのだから、当然知っているものと思っていたよ」

「ううん。知らなかった。今日、お昼に話題になって、初めて知ったくらいで」

「へえ」

水色の瞳を丸くしたシモンは、「それは、なんと言うか……」と言葉を濁した。

おそらく「いくらなんでも、情報のキャッチが遅すぎるのではないか」と思ったようだが、そこは相手がユウリであるため、「まあ、仕方ないか」と考え直したのだろう。

ややあって、謝る。

「悪かったね」

だが、素直に謝られてしまったことで、逆にユウリは困ってしまう。考えてみれば、注意が足りなかった自分が悪いだけで、シモンはまったく悪くない。

そこで、慌てて言い返した。

「違う。僕のほうこそ、責めるようなことを言ってごめん」

「まあ、それはいいけど」

鷹揚に応じながらポットを取り上げ、シモンがユウリのためにお茶のお代わりを注いでやる。

その動きをぼんやりと眺めていたユウリが、「だけど、そういえば」と話の流れで尋ねてみた。

「その話題があがった時、みんなが、マリエンヌとシャルロットのことを言っていたよ」

「――マリエンヌとシャルロットって、名指しで?」

「まさか」

シモンに双子の妹がいることは知られていても、彼女たちの個人情報はあまり公表されていない。

ユウリが、「そうではなく」と説明する。

「ベルジュ家の有名な双子の姉妹は、とっくに社交界デビューをしていてもおかしくはないのに、なぜ、してないのかって不思議がっていた。――ほら、シモンの時は、相応に早かったから」

「まあ、そうだね」

応じたシモンが、「そうか、双子のことがねえ」と感慨深げに呟《つぶや》いた。

その様子に含みを感じたユウリが、「もし」と慌てて取り繕う。

「なにか言いにくい事情があるなら、無理に話してくれなくてもいいんだよ?」

それに対し、チラッと水色の瞳で意味ありげにユウリを眺めやったシモンが「ああ、いや」と告げる。

「言いにくいどころか、実にタイムリーな話題だと思って」

「タイムリー?」

訊き返したユウリに、「ウイ」と母国語でうなずいたシモンが説明する。

「もちろん、双子のデビューの話は前々からあって、それが遅れていたのは、ひとえにわが家の事情なのだけど」

「ああ、やっぱり?」

「うん。――でも、ついに、来年、デビューすることが決まってね」

「そうなんだ」

顔を輝かせたユウリが、自分のことのように喜ぶ。

「それは、おめでとう」

「ありがとう」

応じたシモンが、「ただ」と前髪を梳《す》き上《あ》げて懸念を示した。

「そうなったらそうなったで、その準備がいろいろと大変で」

「準備って……」

ユウリが、意外そうな表情になって訊き返す。

「まさか、来年のために、今から準備をするの？」

「ほら、君もそう思うだろう？」

ユウリの疑問をもっともだと言わんばかりに受け止めたシモンが、「僕も」と疲れたように続ける。

「早すぎると思っているのだけど、あのとおり、こだわり始めるととことんこだわる人たちだから、早いに越したことはないらしくて」

「まあ、たしかに」

一日、二日、親戚の子供たちを遊ばせるためだけに、敷地内にアトラクション施設を造ってしまうような人たちであれば、自分が愛する子供たちの晴れ舞台の衣裳を準備するのに、一年かけても不思議ではない。

シモンが言う。

「どうやら、母と妹たちにはいろいろと計画があるようで、僕も、そのために、今般ある密命を帯びてしまったんだよ」

「密命⁉」

驚いたユウリが、興味を示して尋ねる。

「それは、どんな？」

「まあ、詳しいことは、また後日時間がある時にゆっくり話すけど、ひとまず、今言えるのは、僕は、この年末、日本に行ったら、ある場所を訪ねる必要があるということなんだ」

「日本⁉」

頓狂《とんきょう》な声を出して驚くユウリに、シモンが「もちろん」と付け足した。

「その際は、君にも協力してもらうことになるわけで」

「うん。それは、全然、彼女たちのためにできることならなんでもするけど……、でも、なんで、日本⁉」

それは、実に正当な疑問である。

ヨーロッパの社交界でデビューするマリエンヌとシャルロットのことなのに、なぜ日本が関係してくるのか。

そのうえ、なにもわからないユウリになにができるというのか。

今のところ疑問だらけではあったが、それでもマリエンヌとシャルロットが望むことなら、なんでも叶《かな》えてあげたいと思うユウリだった。

第二章　灯台下暗し

1

ガタガタガタ。


閉じられた扉の奥で、音がした。

なにかが、ものを揺さぶったような音だ。

あるいは、テーブルの上でなにかが激しく動いたか。

古い屋敷の屋根裏部屋。

天井の低い部屋には小さな窓がついていて、そこから冬の寒々しい陽光が斜めに射《さ》し込《こ》んでいる。

その明かりの中で、板張りの床に座り古い絵本を開いて読んでいた幼児が、顔をあげて物音のしたほうを見る。まだあどけない顔をした幼児は、そこで、なにが起きているのかわからないまま小さく首を傾《かし》げた。

現実的とか、非現実的とか。

変だとか、おかしいとか。

怖いとか、怖くないとか。

そんな考えは、まだいっさいない。

なにかの音がした。

彼の世界では、ただそれだけのことに過ぎない。

すると、そんな彼の前でふたたび音がする。


ガタガタガタガタ。


それは、先ほどより明らかに激しくなっていて、幼児は扉を見つめたまま舌たらずな口調で尋ねる。

「……だれ？」

だが、それに答える声は、ない。

物音がしたのはたしかなのに、問いかけても、息をひそめるような沈黙が返るばかりであった。

つぶらな瞳《ひとみ》でしばらく扉をじっと見つめていた幼児が、その行為に飽きたかのように手元の絵本に目を落とす。

小さな手で、自分の背丈ほどもありそうな絵本のページを危なっかしげにめくる。

と——。


ガタガタガタガタガタ。


またしても、扉のほうで音がした。

さらに。


バサ、バサ、バサ。


羽ばたきのような音まで聞こえる。

振り向いた幼児は、先ほどより興味津々の表情になって扉のほうを見つめた。

しかも、今度は見ているだけでは飽き足らなくなったのか、立ちあがり、幼児特有のパタパタとした足取りで扉のほうに駆け寄った。

それから、扉に張りつき、自分の頭の高さにある取っ手に手をかける。そのまま、両手で取っ手を回すが、開かない。

鍵《かぎ》がかかっているのか。

それとも、幼児の力では開かないくらい錆《さ》びついているのか。

時を同じくして、幼児の母親が、部屋の隅にある狭い階段をあがってきた。

「――私の坊や、いい子にしていた？」

話しかけるが、開いた状態の絵本の前に、子供の姿がない。

驚いた彼女が、「ニック？」と呼びかけながらあたりを見まわす。

その目が、奥の扉に張りついている幼児の後ろ姿にとまり、「あらあら」とホッとしたように言ってから、急いで部屋を横切っていく。

「おイタしちゃダメでしょう、ニック。おばあ様に怒られてしまうわ」

言ったところで、幼いニックに理解できるとは思わなかったが、母親は、ほとんど独り言のように話しながら、後ろからすくいあげるように子供を抱き上げ、抵抗しようとする身体《からだ》を、背中を撫《な》でてなだめてやる。

「ほら、いい子ね」

だが、その甲斐《かい》空《むな》しく、ニックはすぐに泣き出した。

「や〜、あっち」

「だから、ダメよ、ニック。――それにほら、どっちにしろ、そこは鍵がかかっていて開かないでしょう?」

片手に子供を抱いたまま、自身の手で取っ手をガチャガチャと回した母親が、腕の中の子供とおでこを合わせて納得させる。

「ね、開かないの。そこは、開かずの間なのよ。――なんでも、中に、とても恐ろしいものがしまってあるとかって」

脅すような、それでいて自身が怖がっているような声で言い、彼女はぼそっと付け足した。

「……でも、とても恐ろしいものって、なにかしらねえ」

すると、ようやく静かになった子供が、母親の肩に頭を預けて目を閉じた。

どうやら、眠くなってしまったらしい。

かように、子供の集中力というのは、すぐに切れる。まして、ニックはまだ、「少年」というのも早いくらいの年齢だ。

そこで、母親は、彼を抱えたまま、上ってきたばかりの階段へと向かう。

子供をベッドでお昼寝させている間に、彼女を含む親戚《しんせき》連中は、みんなでアフタヌーン・ティーを楽しむことになっている。

こんな時、子守の一人でもいてくれたら助かるのだが、そんなものを雇う余裕は、今の彼女の家にはない。

夫に、初めてこの屋敷に連れてきてもらった時は、「これで、自分も、セレブの仲間入りができる」と内心でほくそ笑んだものである。

だが、「カントリー・ハウス」など、手間と修繕費がかかるだけで、持ち主にとってなんの得にもならないというのが、ここ数年でよくわかった。そして、嫁ぎ先の家計簿は、住んでいる建物こそ古くて立派だが、そのための維持費に四苦八苦する、ただの一般家庭に過ぎなかった。

おかげで、しなくてもいい苦労まで背負い込む羽目になったのだ。

こんなことなら、狭いフラットでいいから、二人の職場に近い場所に引っ越したほうがマシだと、彼女は口を酸っぱくして夫に告げている。

それが功を奏し、近々、彼女の家族はこの家を出ることになるだろう。

溜《た》め息《いき》をつきつつ、足下に気をつけながら階段をおりはじめた彼女の背後で、その時、またあの音がした。


ガタガタガタガタガタ。

ハッとして振り返った母親は、軽く眉《まゆ》をひそめ、手の下に子供の背中のぬくもりを感じつつ、扉をじっと見つめる。その脳裏には、もちろん、「とても恐ろしいもの」の存在がよぎったが、それを否定するように、彼女は小さく呟《つぶや》いた。

「いやだ。きっとネズミね」

それから、前へ向き直り、「お義母《かあ》様に報告しないと」と言いながら、今やすやすやと寝入ってしまった子供とともに屋根裏部屋をあとにした。

2

「と、まあ、そんな感じで」

母親との思い出を語り終えたニックが、言った。もっとも、ほとんど伝聞形式であったため、それが事実かどうかは甚だ怪しい。

そのことは、彼も自覚していて、「正直」と付け足した。

「前にも言ったとおり、僕はほとんど覚えていないんだけど、母親が言うには、結局、そのことがきっかけとなり、開かずの扉は開けられることになったって」

そんな彼の前には、これで通算四度目の邂逅《かいこう》となるアシュレイの姿がある。

これがふつうのデートなら、確実に先へと進める回数であり、さすがに、このケースでは、デートのように心浮かれるものはないにしても、ニックもようやく、アシュレイの醸し出す異様な存在感に慣れてきた。

もしかしたら、単に感覚が麻痺《まひ》しているだけかもしれなかったが、それでも、アシュレイに対し、自分が母親から仕入れてきた情報を教えられるのがとてつもなく嬉《うれ》しかった。

「ホント、なにが功を奏するか、人生ってわからないものだよ」

「……なるほど」

ハンティンドンの町からほど近い場所にポツリと建つフレイザー邸。

現在は、ポトマック家の所有となっているため、正しくは「ポトマック邸」だが、地元ではいまだに「フレイザー邸」で通っていて、その古色蒼然《こしょくそうぜん》とした居間でお茶を飲みながら、アシュレイは相槌《あいづち》を打った。

「物音ねえ」

話題は、この屋敷の屋根裏部屋にある小さな納戸についてだ。

前回の訪問では、ニックの曖昧な――アシュレイに言わせると「話にならないくらいとてつもなく曖昧な」――情報に振りまわされ、怪異の本質に迫ることができなかった。

その場で誰かに確認しようにも、年を追うごとに記憶が薄れてきている祖母の話では埒《らち》が明かず、結局、ニックがその場にはいない母親から話を聞き出してくるということで持ち越しとなったのだ。

そうして出て来たのが、この納戸のことだった。

そこは、かつて開かずの扉としてポトマック家の人々に怖《おそ》れられていたのだが、幼いニックとその母親がはっきりと物音を聞いたことにより、もしかしたら、幽霊なんて非現実的なものではなく、害獣の代表であるネズミの住処《すみか》になっているのではないかという極めて現実的な問題に取って代わられ、ついに、扉は開かれたという話である。

「それで、かんじんのネズミは出たのか?」

アシュレイの問いかけに、ニックが首を横に振って答える。

「出なかったそうだよ」

それで、ポトマック家の不安は、高まった。

ネズミでないなら、あの物音は、なんだったのか。

ニックが続けた。

「母が言うには、みんなで納戸に入った際、誰が触ったわけでもないのに、棚に置いてあった箱が転がり落ちて、その衝撃で蓋《ふた》が開き、中から鳥のようなものがデザインされたブローチらしきものが出てきたそうなんだ」

「……鳥？」

繰り返したアシュレイが、突っ込む。

「なんの？」

「知らないけど」

肩をすくめたニックが、説明する。

「孔雀《くじゃく》みたいに尾が長い変わった鳥だったって」

「孔雀か」

考え込むアシュレイの前で、ニックが「で」と力説する。

「落ちたのが、なんとも不気味なタイミングだったことと、箱の蓋の裏側におかしな注意書きがしてあったことから、これこそが、フレイザー家の最後の当主であるテレンスの精神を蝕《むしば》む結果となる、悪魔と関係するものではないかということになり、祖母や母たちは夜のうちに家族会議を開いて、それを処分することに決めたって。それが——」

勢い込んで先走るニックを抑えるように片手をあげたアシュレイが、「いいから、落ち着け」と言い、先にかんじんなことを問《と》い質《ただ》した。

「その前に、蓋の裏側には、なんて書いてあったんだ？」

「それは——」

言いながら思い出すように目をつぶり、ニックが告げる。

「『気をつけよ、これを手にした者には災いが降りかかる』——」

目を開けたニックが、「な？」と同意を求めるように訊《き》く。

「恐ろしいと思わないかい？」

だが、アシュレイは片眉をあげ、「別に」とあっさり返した。

「『取って食われる』と言われたわけでもないんだ。火の粉だろうが災いだろうが、降りかかるようなもんは、てきとうに払えばいい」

「——え？」

拍子抜けしたように目をむき、「……払うって」と呟いたニックに対し、アシュレイが、「それより」と畳みかける。

「処分すると決めたお前の親たちは、それをどうしたんだ？」

恐怖に同調してもらえなかったうえにサクサク話を進められ困惑するニックが、それでも、慌てて頭を切り替えた。

「……えっと、そう、持っていったんだよ」

「持っていった？」

眉をひそめて繰り返したアシュレイが、続けて訊く。

「どこに？」

「ロンドン」

「――ロンドン？」

「そう」

人差し指を伸ばしたニックが、「というのも」と真面目くさって説明した。

「母が言うには、当時、ロンドンには、お金を払えば、その手の『いわくつき』の代物を預かってくれる有名な霊能者がいたらしくて、その人のところに持っていったんだって」

「……霊能者」

なにか言いたそうな口調でアシュレイが呟いたため、ニックが「別に」と慌てて取り繕う。

「おかしな宗教ではないし、壺《つぼ》とかも買わせないから」

とたん、鼻で笑ったアシュレイが、「わかっている」と短く答えた。

アシュレイの場合、自分が関《かか》わりを持つと決めた時点で、そんなことを疑おうとは思っていない。それでも、万が一、巧妙に仕掛けられた詐欺が発覚した場合は、それ相応の報復はさせてもらうつもりでいた。

アシュレイに肯定され、ホッとしたニックが続ける。

「それで、結局、問題のものを霊能者に預かってもらったおかげで、フレイザー家からこの屋敷と家財を受け継いだポトマック家は、今のところ、誰もこれといった災いにも見舞われずにすんでいる」

「よかったな」

どうでもよさそうに応じたアシュレイが、「で」と問う。事実、ポトマック家の人間が死のうが生きようが、不幸になろうがなるまいが、アシュレイにとってどうでもいいことである。

それより彼が気になるのは、その「鳥のようなものがデザインされたブローチらしきもの」の行方だった。

前回の訪問で、この屋敷の蔵書類の中にアシュレイが探しているものがないことはわかっていて、今現在、わずかながらその手がかりを宿しているのは、怪異の根源たるブローチらしきものだけなのだ。

「その霊能者というのは？」

「ああ、うん」

そこで、どこか淋《さみ》しげな表情になったニックが、「残念ながら」と答えた。自分がアシュレイの役に立てないことに対し、とてもがっかりしているのだ。

「なにぶんにも昔のことだから、母も店の名前まではよく覚えていないらしく、その霊能者が『ミスター・なんとか』とみずから名乗っていた以外は、場所も連絡先もわからないそうだよ」

だが、アシュレイには、それだけでも十分な収穫だった。

「『ミスター・なんとか』ねえ」

「そう。そんな名前を名乗る人なんて、ごまんといるだろう。——だから、こんな話をしたところで、役に立つとは思えないけど」

だが、恐縮するニックに対し、アシュレイは青灰色の瞳を妖《あや》しく光らせて笑った。

「ま、そう卑下するもんじゃない」

慰めるというよりは、ただ傲岸《ごうがん》に言い放ち、アシュレイは、視線を遠くにやりながらおもしろそうに続ける。

「どんなところにも深い意味と繋《つな》がりを見いだせてこそ、この世の本当の仕組みというのは浮かび上がってくるものだからな」

だが、もちろん、そんなふうに語るアシュレイがなにを考えているかなど、凡庸なニックには想像すらつかなかった。

3

一ヵ月後。

クリスマス待降節《アドヴェント》が過ぎたロンドンの街中は、年末のカウントダウンに向け、どこもかしこも慌ただしさが漲《みなぎ》っていた。

百貨店のウィンドウを飾るキリスト降誕図の置物。

色とりどりのオーナメントが輝く巨大なクリスマスツリー。

一夜明けたら正月飾りに変わる日本と違い、一月六日の公現日《エピファニー》まではキリストの誕生祭を祝うヨーロッパでは、それらの飾りが引き続き年末年始もその場を彩り続ける。

ウエストエンドの一角にひっそりと存在する「ミスター・シン」の店も、ショーウィンドウにクリスマスにまつわる骨董品《こっとうひん》を飾ったり、ふだんはのっぺりとしていてなんのおもしろみもない黒い扉に、松ぼっくりをあしらった可愛《かわい》らしいクリスマスリースをぶらさげたりしていたが、それでも、新年を迎えるような華やぎはあまり感じられず、時の流れから取り残されたような倦怠感《けんたいかん》に包み込まれていた。

実をいうと、この店の場合、表向きはありきたりな骨董店を装ってはいるものの、内情はかなり怪しい。というのも、店主の「ミスター・シン」は、その業界では名の知られた本物の霊能者で、持ち主が扱いに困るようないわくつきの品物を預かってくれるので有名だからだ。

その客層は、今やヨーロッパに留まらず、海を越え、アメリカや中東などからも噂《うわさ》を聞きつけてわざわざやってくるようになっていた。

つまり、この店の奥には、その手の妖しげなものがひしめいている。

そんな彼の店に、予約もなくふらりとやってきた人物がいた。

長身痩軀《そうく》。

長めの青黒髪を首の後ろで無造作に結わえている。

その人物とは、言わずとも知れたアシュレイで、本日も全身黒ずくめで、まさに地獄から漂い出た悪魔を彷彿《ほうふつ》させる恰好《かっこう》をしていた。

店主と話し込んでいた客が、その姿を見て一瞬ギョッとしたように口を閉ざして固まるのを横目で眺めやると、彼は勝手を知り尽くした様子で部屋を横切り、そのまま奥のソファーに座り込む。

その間、ミスター・シンに挨拶《あいさつ》する素振りもない。

ミスター・シンはミスター・シンで、そんなアシュレイを咎《とが》めるでもなく、なにごともなかったかのように客と話し続けている。むしろ、客のほうが、時おり、チラチラとアシュレイに好奇の視線を向けていた。

やがて、客が帰り、店の中に二人きりになったところで、初めてミスター・シンがアシュレイに視線を転じ、話しかけた。

「さてと、待たせたな」

それに対し、広げた新聞を置くこともなく、アシュレイが高飛車に答える。

「まったくだ」

「まあ、そうすねなさんな」

とたん、アシュレイがジロッと目をあげて睨《にら》む。

「誰が、すねているって?」

「すねてないのか?」

「当たり前だ」

応じながらようやく新聞を置いたアシュレイが、底光りする青灰色の瞳で相手を見すえて言い放つ。

「そんなことより、例のものは見つけ出せたんだろうな?」

どこまでも高飛車なもの言い。

どう考えても、年輩の相手に対する態度ではなかったが、ミスター・シンは、気にせず応じる。

「もちろんだ。わしを誰だと思っている」

「老い先の短そうなじいさん」

「失礼な。――だとしたら、もっと労《いたわ》ってもいいはずだ」

「労るね」

アシュレイが、小さく笑って言い返す。

「それは、年寄り扱いしてほしいということか?」

「さあ。自分でもよくわからん」

言ったあとで、ミスター・シンは「ということで」とあっさり本題に入った。

「これが、お前さんのご所望の品だが――」

言葉と同時に、サイドテーブルの上に置いてあった十センチ四方ほどの小箱をテーブルの上に移した。

かように、グダグダとつまらない話を続けないところが、アシュレイが、ミスター・シンのことを個人的な付き合いをしてもいい相手だと判断した一因だ。なんといっても、ベタベタした馴《な》れ合《あ》いほど、アシュレイが疎ましく思うものはない。

「――ああ、そうそう」

ミスター・シンが、手を止めて言う。

「これを渡す前に一つ言っておくが」

「なんだ?」

「こうして、一度封印したものを取り出すのがどれほど大変なことかは、お前さんも重々承知しているだろう？」

「——さて。どうかな」

アシュレイが、青灰色の目を細めて慎重に応じる。相手の口調に、商人らしい駆け引きの匂《にお》いを感じ取ったからだ。

それに、実際、アシュレイはこの店によく立ち寄ってはいるが、ミスター・シンが仕事をしている場面は見たことがない。

「そんな御大層なことを言って、実は、あんがいちょろいんじゃないのか？」

「バカ言っちゃいかん」

ミスター・シンは小箱の蓋を押さえつつ、言い返す。

「そもそも、一度蔵に入れて封印したものを見つけ出すのはえらい手間がかかって大変だし、見つけたところで、安全に取り出すのも一苦労だ」

「そうなのか？」

「ああ」

重々しくうなずいて、言う。

「考えてもみろ。爆弾が入った箱が並んでいる場所から、一つの箱だけを選んで取り出すようなものだからな。へたをしたら、それが起爆剤となって、全体が大爆発を起こす可能性だってある」

「なるほど」

それはそれで見ものだと言わんばかりの口調で応じたアシュレイに、ミスター・シンが畳みかけるように「それに」と告げる。

「こうして結界の外に持ち出せば、おのずと『いわくつき』と言われるその『いわく』が活動を再開するわけで、今回は、これを預けたポトマック家の許可があるから持ち出しを許したが、そうでなければ、いかにお前さんの頼みでも聞き入れるわけにはいかなかったし、持ち主になる以上、お前さんだって、これの及ぼすマイナスの影響からは逃れられなくなる。——それは、覚悟の上だろうな？」

つまり、これを持ち運ぶことによって、なんらかの霊的障害を受けることになると宣言されている。

だが、アシュレイは怖れげもなく答えた。

「もちろん。——まあ、数日もってくれたらいいさ」

ミスター・シンが、左右で色の違う目を向けて、アシュレイを見つめる。

「それは、数日中に、片がつく見通しがあると？」

「そういうことだ」

いったい、どこから、そんな自信が湧《わ》いてくるのか。

「自惚《うぬぼ》れ」は人を滅ぼす七つの大罪の一つであるが、ことアシュレイに限っては、それは「自惚れ」ではなく、根拠のある自信であったりするので、なんとも言えない。

ミスター・シンが「まあ」と助言する。

「封印されていたということは、ある意味、眠りについていたようなものだから、よけいな衝撃を与えないように持ち運べば、それだけ、長く『いわく』もおとなしくしていてくれるはずだ」

「へえ」

どうでもよさそうに相槌を打ったアシュレイが、小箱を受け取りながら「で？」と尋ねる。

「これについて、あんたの見立ては？」

すると、意外そうにアシュレイを見返したミスター・シンが、「これは、珍しい」とおもしろそうに笑う。

「わしに意見を求めるとはな。――今回、例の坊やは、手伝ってくれないのか？」

「まあ、今のところ」

もちろん、それで済ますはずがない。

アシュレイが、この手のことに情熱を燃やし、好んでユウリを巻き込もうとするのは昨今の定石であった。

もっとも、巻き込まれる側はたまったものではないだろう。

純真そうな青年の顔を思い浮かべ、ひどく同情的な気持ちになりながら、ミスター・シンが言う。

「……まったく、お前さんも酔狂なことだな。手間暇かけたところで、この場合、なんの得もないだろうに」

本来、利益のないことには手を出さないアシュレイが、唯一、己の嗜好で動く例といえよう。

だが、チラッとミスター・シンに視線を投げたアシュレイが、口元を引きあげて応じる。

「……本当にそう思うか？」

「違うのか？」

だが、アシュレイは底光りする青灰色の瞳を妖しく揺らめかせただけで答えず、ミスター・シンもそれ以上よけいなことは訊かずに、「まあ、なんでもいいが」と彼なりの見立てを教える。

「これについてわしに言えるのは、三つの異なる力が働いているということくらいだ」

「――三つ？」

「そう。これが、なかなか複雑でね」

興味を惹かれたらしいアシュレイが、「それは」と訊き返す。

「どんな力だ?」

「一つは、持ち主だろうな。――このモノに」

言いながら、顎《あご》でアシュレイの手の中の小箱を指して続ける。

「固執し、なんとしても帰ろうとしている」

「帰るって、どこへだ?」

「明言はできないが、おそらく日本だろう」

そこで、ミスター・シンは彼方へと視線を転じ、あらぬ空間を見つめるようにして続けた。

「あるいは、中国かもしれないが、わしの見立ては日本だ。そこに、彼が大切にしていた人間が残されていて、そのために帰りたがっている。それが執着心としてこのモノに取り憑いていて、三つ巴の力の中ではその執着が他者に影響を及ぼすという点では非力でありながら、このモノへの想い入れとしてはもっとも強く、中核をなしているといえるだろう」

「中核をねえ」

しみじみといった風に応じ、アシュレイが続きを促す。

「他は?」

「一つは、邪悪な力だな」

「ほう」

アシュレイが、「邪悪、ね」とおもしろがるように言ってから続ける。

「邪悪と言うと、たとえば、悪魔とか？」

「その類《たぐ》いだろう。悪魔か、悪霊か」

応じたミスター・シンが、「それが」とこちらは真面目くさって説明する。

「このモノに関わる人間にマイナスの影響を及ぼしてきたようだ」

「まあ、『邪悪』だからな」

「そう。わしが霊視した限りでは、自分の所有物に手を出されることに対する報復のつもりとみていい。——正直、それ以上のことはわからないが、かように、なかなか入り組んでいる」

「ふうん。複雑ねえ」

そのあたりは、なにか心当たりがあるのか、アシュレイは納得したように首を動かしてから、「で」と話を先に進めた。

「三つ目は？」

実のところ、それが、アシュレイにとっては、はなはだ意外だったのだ。

というのも、このモノにまつわる過去の出来事をこの一ヵ月近くを使って色々と調べてみた結果、今言われた二つの影響力についてはえらく納得がいったのだが、三つ目の力はまったくの想定外だったからだ。

もっとも、アシュレイにとって「想定外」は、ある種の「想定内」だったし、その手のハプニングはあったほうが楽しいと思える豪胆さの持ち主である。

いったい、他にどんな力が働いているというのか。

ミスター・シンが答える。

「モノだよ」

「モノ？」

「そうだ」

老人らしい重々しさでうなずいたミスター・シンが、「三つ目の力は」となんとも厳《おごそ》かな口調で口にした。

「そのモノ自体が発している力のようだ」

第三章　一路、東へ

1

鳥が舞っている。

美しい鳥だ。

ユウリは、これほどきれいな鳥を、今まで見たことがなかった。

南国の鳥のように鮮やかでいながら、どこか和の趣がある。

（……本当に、きれいだなあ）

極彩色の羽が陽光を浴びてキラキラと輝き、エメラルドのような緑色の瞳《ひとみ》がじっとユウリを見おろしている。

ただ、その瞳が少し淋《さみ》しそうで、ユウリはそれが気になった。

（……なにか）

もちろん、言葉は通じない。

だが、目は口ほどにものを語る。

(もしかして、なにか僕に言いたいことがある——?)

なにを伝えたいのか。

なにを語ろうとしているのか。

しかし、鳥はエメラルド色の瞳で見つめてくるだけで答えは返らず、やがて頭上で大きく旋回すると、彼方《かなた》へと飛び去った。

それを見て、ユウリは、追いかけたい衝動に駆られる。


待ってくれ!

置いて行くな!

私を、その翼に乗せて彼の地まで連れて行ってくれ。


悲痛な願い。

同時に、身の内に湧き起こる恐怖心。

どこかへ飛び立とうと逸《はや》る心が、背後に迫る影におびえる。

それは、決して追いつかれてはいけないもので、あまりの恐怖に振り返ることすらできない。


頼む！

私を見捨てるな！

幸せの鳥よ！

どうか、私を連れて行け！


と、その時。

「ユウリ」

呼ばれると同時に、ふわりと身体《からだ》が浮く感じがして、ユウリは目を覚ました。

そんな彼の目の前に、心配そうにユウリのことを覗《のぞ》き込《こ》んでいる、いとも優雅なシモンの姿がある。

「――シモン？」

ジェット・エンジンの音が、かすかに振動となって伝わる機内。

現在、ユウリとシモンはフランスから日本へと向かう飛行機の中にいた。温暖化対策ということもあり、ベルジュ家のプライベートジェットは使わず、国際線のファーストクラスでの移動だ。

そのため、二人きりというわけにはいかなかったが、向かい合わせの位置にあるユウリとシモンのブースには、他の人の目はほとんど届かない。

シモンが、身を乗り出すようにして尋ねる。

「大丈夫かい、ユウリ。少しうなされていたみたいだけど……」

「ああ、うん、大丈夫」

「悪夢でも見た？」

「そうだね」

答えながら少し考え、ユウリが続ける。

「悪夢かどうかはわからないけど、なんか夢を見ていた。——でも、どんな夢だったかは、あまりはっきり思い出せないかも」

ユウリが漆黒の瞳を翳《かげ》らせ、夢の残像を追う。

「たぶん、誰かがどこかに行きたがっている——ううん、違う、帰りたがっているのか。わからないけど、とても悲痛な思いで胸が痛くなるくらいだった。——それと」

言いかけたユウリが言葉を止め、そのまま小さく身震いした。

それを見たシモンは、ユウリのブースのほうに軽くもたれかかり、顔を覗き込むようにして尋ねる。

「それと、なんだい？」

「あ、いや、ううん」

シモンの顔を見ながら首を横に振ったユウリが、「なんでもない」と答えてから、「というか」と付け足した。

「よくわからないんだ」

それは半分本当で、半分嘘《うそ》である。

夢の中でユウリは、なにかとてつもなく禍々《まがまが》しいものの気配に触れたような気がしたのだが、断言はできなかったし、まして、それがなんであるかを説明できないため、ひとまず濁すしかなかった。

それに、こうしてシモンの体温を近くに感じると、それまでの不安が遠のき、やはり気のせいだったのではないかと思えてくるのだ。

「……そうか」

シモンはシモンで、その答えに対し半信半疑であるようだったが、所詮は夢の話に過ぎないと判断したのだろう。

そう言って納得すると、「ただ、まあ」と明るく茶化した。

「ある意味、良かったよ」

「良かった？」

「そう」

認めたシモンが、ユウリの鼻の頭を突《つっ》きながら「というのも」と理由をあげる。

「君がうなされた原因は、うちが面倒な頼みごとをしたせいだと思ったから」

実は、少し前に話題となったシモンの日本での使命の詳細を、ユウリはこのフライトの途中で聞かされたのだ。

「まさか――」

ユウリが笑って、「あれは、むしろ」と言いかけるが、その時、頭上で機内アナウンスが入ったので続けられずに終わる。

飛行機は、あと十分ほどで関西国際空港に到着するということで、ユウリの肩を撫《な》でるようにさすったシモンが上体を戻し、ユウリも座席を直してシートベルトをし直した。

2

京都下京区《しもぎょう》。

百貨店などが建ち並ぶ表通りから外れた裏路地に、ユウリとシモンが目指す老舗《しにせ》呉服屋「瓜生《うりゅう》」はあった。

明治創業。

黒壁二階建ての趣のある佇《たたず》まいで、今どきは珍しくなった誂《あつら》え物なども取り扱う本格的な呉服屋だ。

ただし、「売り」と同音異義語の「瓜《うり》」が染め抜きされた長い暖簾《のれん》以外、看板やショーウィンドウなどもないため、知らなければ、なんの店だかわからないまま通り過ぎてしまうだろう。

年の瀬。

商売人にとってはとても慌ただしい時節であるのに、「瓜生」の店主は、暖簾をくぐった二人を満面の笑みで迎えてくれた。

暖かい店の中は、土間が広く取られていて、そこに商談用のスタイリッシュなテーブルと椅子《いす》が置いてある。

案内されてそこに座ると、目の前の座敷《ざしき》がよく見渡せた。

おそらく、ふだんならそこに反物が並んでいるのだろうが、すでに一般客向けの商いは終えているらしく、今はきれいに片づけられている。唯一、壁際に牡丹柄《ぼたんがら》の美しい訪問着がかけられていて、そのそばには、着物に合わせたと思われる帯が添えられている。

こうなると、着物というのは、一種の芸術品だ。タペストリーや絵画と同じで、部屋を彩り、見る者の目を楽しませてくれる。

「瓜生」の店主は、どこか居眠りしているタヌキを思わせる、ほんわかとして福々しい男であった。

二人の前にお茶を出しながらお決まりの文句を言う。

「ようお越しやす」

「こちらこそ、お世話になります」

シモンがきれいな日本語で挨拶《あいさつ》をしたので、相手はとても驚いたようだ。

「これはまた、日本語がえらい達者でいなはる」

すると、二人がいるのとは違うテーブルについていた男が、「たしかに」とやはり驚いたように応じた。

「ベルジュ家のご子息が、これほど日本語がお上手だと知っていたら、昨年、パリでお見かけした際、話しかけるべきでしたよ」

それに対し、シモンが問うような視線を向ける。

その男は、二人がここに来た時にはすでに座っていたので、この店の関係者であることは間違いなさそうだが、紹介はされていない。

と、「瓜生」の店主が、すかさず仲介する。

「ああ、ご紹介がまだでしたが、そちらは、烏丸通《からすまどおり》沿いにある『千乃蔵《ゆきのくら》』はんの跡継ぎで、千倉伊織《ちくらいおり》はん、いわはります」

「『千乃蔵』って」

ユウリが、驚いて訊《き》き返《かえ》した。

「あの『千乃蔵』ですか？　――着物ギャラリーのある？」

「千乃蔵」といえば、ユウリでも知っているくらい京都の染め物業者としては有名で、着物や染め物の歴史がわかるようなギャラリーを常設するなど文化的貢献度も高い会社だ。

「その『千乃蔵』はんです」

店主の紹介を受けて立ちあがった千倉が、挨拶がてら名刺を手渡した。

「どうも、千倉伊織です」

「瓜生」の店主がタヌキに似ているせいか、こちらは若いキツネに見える。背がスラリと高く、のっぺりとした顔に細い目をしているせいだろう。

名刺を受け取ったシモンが、それを見ながら、先ほど千倉が放った言葉の真意を問《と》い質《ただ》す。

「シモン・ド・ベルジュです。――前に、パリで僕のことを?」

「ええ。パリコレにいらっしゃっていましたよね?」

質問形式で返されたところで、横から「瓜生」の店主が補足した。

「『千乃蔵』はんは、現社長が前衛的なお方で、海外のファッション・ブランドに向けたテキスタイル・プロデュースなども、ぎょうさんしはってましてね」

「ああ」

シモンが、合点がいったように水色の瞳をあげて応じる。

「あの時の――」

言われてみれば、昨年のパリコレでは、和風柄の布地を使ったブランドが話題をさらっていた。ベルジュ・グループも注目したファッションであったが、どうやら、その立て役者がこの『千乃蔵』であったらしい。

シモンが、続ける。

「だとしたら、まさに、そちらが、うちの母と妹たちに多大なる影響を及ぼしたといえるでしょう。――なんといっても、今回のことは、そのパリコレがきっかけとなって起きたようなものですから」

「今回のこと」とは、つまり、ユウリとシモンがこの場所を訪れることになった理由である。

というのも、来年、社交界デビューが決まったマリエンヌとシャルロットのために、ベルジュ家は晴れの舞台にふさわしい衣裳《いしょう》の選定に入った。

その際、母親であるベルジュ夫人と当人であるマリエンヌとシャルロットの間では、すでにある共通の目論見《もくろみ》が持ち上がっていて、それが、衣裳に日本の着物生地を取り入れるというものだったのだ。

しかも、ただ生地を探すだけでなく、唯一無二のものになるよう、柄のデザインもオリジナルで作ってしまおうというのだから、さすがである。

そのために、どこを窓口にすればいいのかというので、ベルジュ家が相談したのが日本とゆかりの深いフォーダム家であり、フォーダム家はフォーダム家で、最高の職人を手配できるよう、夫人の生家である幸徳井《かでい》家に話を通し、ベルジュ家のどんな注文にも応《こた》えられる呉服屋を斡旋《あっせん》してもらったのだ。

そうして白羽の矢が立ったのが「瓜生」であり、さらに「瓜生」の店主が、すでに海外ブランドとコラボレーションした実績を持つ「千乃蔵」を抱き込み、万全の態勢を整えたというわけだった。

「瓜生」の店主が言う。

「『千乃蔵』はんなら、のちのち、お使いにならはった生地を、ストールやなにやらに作り替えることもできはるやろ」

「そうですね」

千倉が、細い目をさらに細めて自信満々に応じる。

「なんでしたら、お母様にも、当日お召しになる衣裳に合わせて、お嬢様がたと同じ柄をあしらった小物類をご用意することができますよ」

「それは、母も喜びます」

シモンが言い、ユウリと目を合わせて微笑《ほほえ》み合う。心強い助っ人《すけと》を得たことで、よいものができそうな予感がしたからだ。

「瓜生」の店主が、図案集を出しながら尋ねる。

「ほな、早速ですが、柄は、やはり花柄をお考えで?」

「おっしゃるとおりで、いちおう、母は、季節柄、菊の花がいいのではないかと言っていたのですが……」

菊が秋を代表する柄であるのを知っているあたり、ベルジュ夫人もかなり日本通になってきている。

だが、その案に対し、珍しくユウリが横から「う～ん」と悩ましげに口をはさんだ。

「たしかに、菊は一見華やかではあるけど、秋口の花であるだけに、『花の季節を閉じる』という意味合いを持つから、これから花を咲かせる二人には、ちょっと合わないかも。――少なくとも、中心に考えるのは賛成しない」

「そうなんだ?」

意外だったシモンが、「でも」と問い返す。

「菊は、日本の皇室を象徴する花でもあるんじゃなかったっけ?」

「あ、うん、そのとおりで、不老長寿を象徴する花でもあるから、縁起がいいのは間違いないよ」

認めたユウリが、「僕が言っているのは」と弁明する。

「文様の意味をより深くまで捉《とら》えた場合であって、決して菊が駄目だと言っているわけではないんだ。もし、みんなが絶対に菊がいいと言うのであれば、それはそれで構わないと思う。――実際、華やかだし」

ユウリらしく妥協はするものの、やはりあまり賛成はしていないようである。

ふだん、さほど自分から意見を言わないユウリがここまで主張するからには、シモンもその言葉に重きを置く。それに、そもそも、こうしてユウリを伴ってきたのは、ベルジュ夫人も双子の妹たちも、ユウリの美的センスと日本的素養に期待してのことなのだ。

「それなら、ユウリは、なにがいいと思う?」

「そうだね」

間髪を容《い》れずに、ユウリが答える。

「僕がイメージしたのは、梅」

「梅？」

躊躇《ためら》いのなかったユウリに対し、意外だったシモンが、念のために訊き返す。

「桜ではなく？」

彼の感覚では、梅よりは桜のほうが、まだ華やかな気がしたのだ。

ユウリが、図案集をめくりながら説明する。

「桜は、一見華やかに見えるけど、実は『儚《はかな》さ』の象徴でもあるから、やっぱりあまり勧めないかな」

「儚さ……か」

たしかに、咲いてすぐに散ってしまうのは、あまり縁起のいいものではない。

うなずくシモンに、ユウリが「その点」と続けた。

「厳冬に香り高く咲く梅は、中国の故事に因《ちな》んだ『歳寒三友《さいかんさんゆう》』の一つで、逆境に負けないものの象徴とされているから、いいと思う。――それと」

そこで一拍置いたユウリが、「なにより」と力説する。

「梅は別名『百花の魁《さきがけ》』と言って、寒い冬に真っ先に咲くことで、菊とは対照的に『花の季節を開く』ものとされているから、社交界デビューする二人にはピッタリだと思うんだ」

「『百花の魁』……」

その言葉を初めて聞いたシモンが、感慨深げに呟《つぶや》いた。

ユウリの提案どおり、それは、これからどんどん花を咲かせていく妹たちにはピッタリである。

「いいね。すごくいい」

シモンは、心から賛同した。

ただ、そうだとしても、シモンにはやはり気になることがある。先ほどから再三言っているように、梅は、菊や桜に比べ、どこか地味な印象が否めない。

だが、ユウリは、そのあたりのこともすでに考え尽くしているようだった。

というのも、シモンは知らなかったが、飛行機の中で今回の計画を聞かされてからというもの、マリエンヌとシャルロットのために最高のものができるよう、ユウリはずっと頭の中であれこれシミュレーションを続けていたのだ。

その成果を、ここで遺憾なく発揮する。

「シモンの懸念はわかるよ。——たしかに、梅だけだと少し淋しい感じになるけど、せっかく『百花の魁』というからには、全体に百花を散らして、そこからのびあがるように梅の花を据えればいいだけのことだから。——あるいは、百花の上に枝垂れ梅を描いてもいいと思うし」

「ああ、それはええですなあ」

日本語で話していた二人の会話を、ずっとうなずきながら聞いていた「瓜生」の店主が楽しそうに合いの手を入れた。

正直、彼は、ユウリの知識の深さに感心していたのだ。

「先ほど、お話の中にも出てはりましたが、梅は、松竹とともに『ハレ』の席を彩る代表的な文様やさかい、今回のお話にピッタリや思います。――さすが、幸徳井家にゆかりのある方やいうことで、吉祥文様の持つ意味を、ようわかってはる」

誉《ほ》められ、「いや」と照れた様子のユウリであったが、その際、なにかが引っかかったような表情をした。

いったい「瓜生」の店主の言葉の、なにが気になったのか。

だが、それはほんの一瞬のことに過ぎず、専門家の賛同を受けて自信をつけたらしいユウリが、「あと、もう一つ」と指をあげて付け足した。

「僕が『梅』を推す理由は、梅には『紅梅』と『白梅』の二種類があるから、二つ合わせると『紅白』のおめでたさが出る。――ということで、なんなら、一つは赤く染めた布地に『白梅』を描いて、もう一つは白地に『紅梅』を染め上げるという手もあるってことなんだ。――もちろん、それだけ費用はかさむけど」

最後の一言は、ベルジュ家には無用と知りつつ、いちおう言っておく。

「なるほど」

ユウリが次々繰り出すイメージにいささか圧倒されたようにうなずいたシモンが、やはり金銭のことには触れず、ひたすら感心した。

「すごいね、完璧《かんぺき》だ」

「そんなこともないけど……」

「いや、本当に」

言いながら窺《うかが》うようにユウリの顔を覗き込み、シモンが「その様子だと、ユウリ」と確認する。

「もしかして、飛行機の中で話をしてから、今までずっと考えていた？」

「うん、考えていた」

「だから、日本に着いてからは、なにをしていても心ここにあらずだったんだね？」

実際、それはかなりひどいもので、降り立った関西国際空港では手荷物を持たずに行こうとするし、昼食のために立ち寄った店では財布を忘れてくるし、夜、フォーダム家の人たちと久々に顔を合わせた会食の席では、まだ幼いクリスにご飯を食べさせる代わりに、飼い始めたばかりの犬にスプーンを差し出していた。

「……ああ、そうかも」

素直に認めたユウリが、「だって」と言い訳する。

「他でもないマリエンヌとシャルロットのためだから」

「もちろん、わかっているよ」

苦笑したシモンが、「別に呆《あき》れているわけではなく」と真摯《しんし》に告げる。

「むしろ、ありがとうって言いたいんだ」

「そんな、当たり前だよ」

言ったあとで、少し心配そうに付け足した。

「ただ、問題は、素人考えのイメージが、技術的にどこまで実現可能かなんだけど」

それに対し、専門家二人が顔を見合わせ、肩をすくめて応じる。

「今のところ、そうやこしい問題はおまへんので大丈夫やと」

「そうですね」

うなずいた千倉も、「あとは」と話をまとめる。

「頭の中にあるイメージを、具体的なデザインに起こしていけばいいだけのことです」

3

どうやら、「瓜生」は間を取り持つだけで、具体的な仕事は「千乃蔵」が一手に引き受けるらしく、千倉がシモンを相手に先ほどのテーブルで予算なども含めた打ち合わせを始めた。

そこで、手持ち無沙汰《ぶさた》となったユウリは、「瓜生」の店主に断りを入れ、座敷にあがって壁際にかけられた着物と帯を改めて眺めることにした。

そばに寄り、顔を近づけたり、逆に遠ざけたりして眺めていると、ふいに近くで声が聞こえた。

行ってしまった。
幸せの鳥が、行ってしまった。
これで、私の幸せも終わってしまう。
もう、戻って来ない……。
…………。

驚いて、あたりをきょろきょろと見まわしたユウリの視線が、着物の上でとまった。

(ああ、そうか)

ユウリは、改めて着物を見ながら思う。

(やっぱり、この着物、なんか変だ)

実を言うと、彼は、少し前からこの着物のことが気になっていた。

というのも、テーブルのほうでシモンたちと雑談をしていた時に、なにげなくこちらに視線を投げたら、着物の中でなにかがチラチラと動いて見えたのだ。

目の錯覚だと自分を納得させようとしたが、なんとなく気になってしまい、途中からかなり気もそぞろになっていた。

そこへもってきての、この謎の声だ。

着物の柄は、遠目には大きな牡丹を散らしたように見えたのだが、近くで見ると、牡丹だけでなく、隙間《すきま》を埋めるように桐《きり》の文様も入っている。

(牡丹と桐か……)

煙《けぶ》るような漆黒の瞳を翳らせて考えつつ、今度は脇《わき》にかけられた帯に視線を移し、同じくつぶさに眺める。

すると、そんなユウリに向け、背後から「瓜生」の店主が言った。

(……え?)

「その帯は、銀糸で竹を織り出したものです」

「ああ、ですよね。模様の感じが竹の節を思わせるので、そうではないかと思っていたんですけど」

振り返ったユウリが同調し、確認する。

「それなら、これは、これをまとう人間の福を背後に想定して、この着物に合わせて誂《あつら》えられたものですね？」

だが、ユウリの言葉に満足そうにうなずいていた「瓜生」の店主は、あっさり否定した。

「違います」

「そうなんですか？」

意外だったユウリが、言う。

「でも、文様の組み合わせとしては……」

「言わはるとおりで、もちろん、この組み合わせは、ある意図のもとで、こうして飾らせてもろうてます」

みなまで聞かずに認めた「瓜生」の店主が、「ただ」と続ける。

「そもそも、この着物は、うちで誂えたものと違《ちご》うて、さる旧家の蔵から出はったのをお預かりさせてもろうてるだけですから」

少し驚いて、ユウリは訊き返す。

「誂えものではない？」

「そうです。うちは悉皆《しっかい》もやりますから、お客はんから要望があれば、お預かりして、お直しさせてもろうてます」

「お直し……？」

そこで、ユウリが改めて着物を見る。

この店に来てから今までの間に、時おり、抱いた違和感。

それらは、ユウリの敏感なアンテナに引っかかりそうで引っかからない、見えない触角のわずか先をかすめるような微細なものであり、これまで、あまり真剣に考えてみようとは思わなかったが、ここに来て、ユウリは、その違和感の正体がはっきりとわかった気がした。

それをたしかめるために、ユウリが「瓜生」の店主に尋ねる。

「もしかして、こちらは、幸徳井家が使用している着物を扱う以外に、あの家となんらかの取引をなさっていますか？」

「それは――」

だが、その問いに「瓜生」の店主が答える前に、土間にあるテーブルのほうで、千倉の声がした。

「――おや、ベルジュ家のご子息はいかがされましたか？」

ハッとして振り返ったユウリの前に、千倉が土間から身を乗り出すようにして座敷の中を見まわす姿があった。

ただし、そのそばにシモンの姿はない。

「瓜生」の店主と顔を見合わせたユウリが、ややあって言い返す。

「シモンなら、ずっとそちらで打ち合わせをしていましたよね？」

「そうなんですけど」

戸惑ったように応じた千倉が、「ただ」と説明した。

「ちょっと前に、細かなデザインのことでお客様の意見を聞きたいからとおっしゃって、席をお立ちになったんですよ」

「お客様」とは、もちろん、ユウリを指した言葉である。

「席を立った？」

ユウリが、ドキリとしながら訊き返す。同時に、とめどなく不安な気持ちがこみあげてきた。

席を立ってこちらに来たはずのシモンの姿が見えないのは、なぜか――。

千倉が、相変わらず当惑した様子で、「ええ」と答える。

「私は、ずっとテーブルでこちらに背を向けておりましたので、あの方が座敷にあがる姿は、残念ながら見ていませんが、気配は感じていました。それで、これまでのことを整理しながらお待ちしていたんですが、ふと、相談するとおっしゃっていたわりに話し声が聞こえてこないので、不思議に思って振り返ったら——」

座敷に、シモンの姿はなかった。

つまり、席を立ったあと、忽然《こつぜん》と消えてしまったらしい。

ユウリが、胃のあたりが重くなるのを感じながら、問い返す。

「それって、どれくらいの時間ですか?」

「ものの五分、いっても、十分くらいのものです」

答えてから、千倉は「あ、いや」と言い直す。

「やっぱり、五分です」

ユウリの背後で「瓜生」の店主も当惑したように尋ねた。

「もしかして、ついでに、ご不浄に行かはったのとちゃいますか?」

わずかな希望にもすがりたそうな様子であったが、ユウリは暗い表情で異を唱えた。

「だけど、それなら、誰かに場所を尋ねているはずですし」

「たしかに」

初めて来た場所であれば、それほど勝手は知らないし、もし、場所の見当がついたとしても、一言くらい断りを入れるだろう。

やはり、明らかに変だった。

まるで、神隠しにあったかのように消えてしまったシモン。

（どうしよう……）

ユウリは、動揺した。

シモンが消えてしまうなんて、絶対にあってはならないことだ。

まして、ここは日本で、ユウリがシモンの身に起こることに全責任を負わないといけない立場なのだ。

それなのに、こんなにもあっさり見失ってしまうとは、あまりに情けない話である。

そこで、ユウリは自分を落ち着かせるように一度大きく息を吐き、状況を見極めるためにゆっくりとあたりに視線を巡らせる。

右から左に。

戻って左から右に。

と――。

その視線が、先ほどと同じように壁際に飾られた着物でとまった。

やはり、絵柄の中で、なにかが揺れている。

見る者を誘うように――。

ユウリは、確信した。

（間違いない）

牡丹と桐の花が咲き乱れる訪問着。

その下のほうで、他の花と見まがうような、白い羽らしきものが揺れている。

その存在に気づけと言わんばかりに——。

つまり、「瓜生」の店主も言外に匂《にお》わせていたとおり、この着物は、ただここにかけられていたわけではなく、あるはっきりとした目的のために、飾られていたのだ。

その目的とは、もちろん、歪《ゆが》んでしまった空間を正すためだ。

この店が、幸徳井家と懇意であるのは、そういう目的のためでもあるのだろう。

古い着物に取《と》り憑《つ》いた想い。

それらを、「洗い張り」などとともにすっきりと落とし、新たな持ち主に新鮮な気持ちでまとってもらう。

ここは、そのための厄落としの場なのだ。

そして、シモンは——。

ユウリは、思う。

（シモンは、タイミング悪く、その歪められている異空間に囚《とら》われてしまった——）

そこで、ようやくやるべきことを見いだしたユウリは、挨拶もそこそこに急ぎ「瓜生」をあとにした。

4

「隆聖《りゅうせい》！」

しんとして厳かな空間に、ユウリの声が響く。

「隆聖、隆聖！」

檜《ひのき》の香りがする日本家屋。

京都北部に広大な敷地を有する幸徳井家は、古都京都に千年以上続く陰陽道《おんみょうどう》宗家の家系であり、科学万能の現代にあっても、密《ひそ》かにその奥義を伝え続けてきた一族だ。

その幸徳井家の跡継ぎであり、修験道の開祖とされる「役小角《えんのおづぬ》」の再来とまで言われている隆聖は、その彼をしのぐほどの霊能力を隠し持つ従兄弟《いとこ》の声に、顔をあげて鏡越しに背後を見やった。

ほぼ同時に扉が開いて、当のユウリが転がるように入ってくる。

いや、実際に足がもつれて転びそうになったのを、たまたま扉のそばに立ち、隆聖にこのあとのスケジュールを告げていた岸本《きしもと》という術者が、すんでのところで支えたために転ばずにすんだのだ。

しかも、岸本は、もともと、隆聖の予定遂行の妨げとなりそうなユウリを止めようと手を伸ばしたつもりだったのに、結果、ユウリを助けてしまった。

運がいいのか、悪いのか。

一連の流れを見ていて、呆れたように片眉をあげた隆聖が、ダークスーツの襟元を整えながら訊き返す。

「なんや、ユウリ」

支えてくれた岸本に軽く会釈しつつ、ユウリが顔をあげて叫んだ。

「そんな落ち着いている場合じゃなく、隆聖、大変なんだ」

「せやから、なにがあったか訊いとるんや」

ふだんは、かすかに京訛《なま》りのある標準語を話す隆聖だが、気が抜けたり、ぞんざいな態度になったりした時には、こうして京都弁が顔を覗かせることがある。

今は「ぞんざいな」ほうであったが、ユウリは気にせず、訴えた。

「シモンが消えちゃったんだ！」

「――消えた？」

そこで初めて振り返った隆聖は、岸本に顎《あご》で部屋を出るように指示しつつ、ユウリのほうに寄っていく。

部屋に二人きりになったところで、隆聖が尋ねる。

「消えたって、どういうことや？」

「文字どおり、消えちゃったんだよ」

「どこで？」

「隆聖が紹介してくれた呉服屋さん」

「――ああ、『瓜生』でか」

その声音が妙に合点がいったものであるのに気づいたユウリが、眉をひそめて従兄弟の顔を見あげる。その表情には、珍しく、相手への不信感がありありと出ていた。

「『ああ』ってことは、隆聖、やっぱり、なにか知っているんだね」

決めつけたあとで、「というか」と付け足した。

「あそこに飾ってあった着物って、わざとだよね？」

「そうや」

「隆聖の指示で？」

「ああ」

認めつつ、ふたたび鏡の前に戻って支度を始めた隆聖が、「だが、そんなの」と京訛りのある標準語に戻って応じる。それだけ、真剣になった証拠だ。

「今朝、二人して出かける前に、お前にも言ったはずや」

「――え？」

覚えのなかったユウリが、首を傾《かし》げて問い返す。

「……聞いてないけど」

「また、お前は――」

ユウリの否定を呆れたように受け止め、隆聖が告げる。

「出がけにお前を呼び止めて話したし、お前も、うんうんうなずいていたやろう」

「……出がけに？」

心許《こころもと》なさそうに繰り返すユウリを横目で睨《にら》み、「まさか」と隆聖が訊き返す。

「覚えてないんか？」

「……えっと、言われてみたら、呼び止められたことはなんとなく覚えているし、たしかにその時、隆聖、なにか言っていたね。ついでに、なんとかかんとかって」

「ああ。けど、その分やと、まったく聞いてなかったみたいやな」

当たり前だが、その「なんとかかんとか」の部分が大事なのだ。

隆聖が、サイドテーブルの上にあったスマートフォンを取り上げながら、再度告げた。

「俺は、ついでやから、『瓜生』の件を片付けてきてくれと言うたんや。その際、詳細はメールで送ると伝えたし、実際にもう送ってある」

「本当に？」

まだ見ていなかったユウリが、慌てて携帯電話を取り出しながら、確認する。

「それって、やっぱりあの着物が関係しているよね？」

「当たり前や」

それ以外になにがあると言いたげな隆聖が、そこで「まあ」と若干申し訳なさそうに告げた。

「それが原因で、シモン君があちら側に囚われてしまうとは思わなかったし、こちらも、もう少し気をつけるべきやったかもしれない」

「本当だよ」

ユウリが言いたいのは、そこだ。

ユウリに頼み事があるにしたって、なにもわざわざシモンが一緒の時を選ぶ必要はないはずだ。

万が一ということもあるし、実際、万が一のことが起きたのだ。

不満げなユウリを見て、隆聖が「ただ」と言う。

「ふだんのお前なら、あれを前にしたら、なにかおかしいというのは一目でわかったはずやし、それがわからなかったというなら、油断していたお前が悪い」

「そうかもしれないけど、そんなことより、今はシモンの救出を急がないと」

どうしたら、シモンを取り戻すことができるのか。

それを教えてほしいし、できれば取り戻す手伝いをしてほしいのに、隆聖からはなんとも冷淡な言葉が返った。

「悪いが、俺はこれから抜けられない用事がある。お前一人でなんとかしろ」

「――そんな！」

ことは、シモンの生死に関《かか》わるかもしれないのに、なにを呑気《のんき》なことを言っているのか。

憤慨しかけたユウリに向かい、隆聖がその額に手を当てて告げた。

「大丈夫や、ユウリ、安心していい。アレは、そこまで悪いものやない」

「でも、実際、シモンは――」

ユウリは必死で言い募るが、隆聖は小さく首を振って諭した。

「彼が囚われたのは、本当にタイミングが悪かっただけやろう。おそらく、きっかけさえ摑《つか》めたら、すぐに戻る」

「間違いない？」

「ああ」

揺るぎない自信を見せて請け合った隆聖が、「だいたい」と口元を引き締めて苦言を呈した。

「何度も言っているが、ふだんのお前なら、そんなこと、いちいち説明しないでもわかるはずや」

つまり、少しは落ち着けと言いたいのだろう。

落ち着いて状況を見極めれば、ユウリならなんなく解決できると、隆聖は太鼓判を押してくれている。

「心配なのはわかるが、シモン君を取り戻したければ、まずお前が冷静になることや、ユウリ。冷静になって呼びかけてみて、それでも取り戻せないようやったら、戻り次第、俺がなんとかしてやる」

「絶対？」

「絶対や。――だから、まずは一人でやってみろ」

最後はユウリの頭をポンポンと叩《たた》き、隆聖は部屋を出ていった。扉が閉まる寸前、腕時計を指しながら岸本が隆聖を急《せ》かす姿が目に入る。

どうやら本当に一分一秒を争うくらいの用であるらしい。

自然界を相手に術を施すような場合、タイミングがとても重要になってくる。

それは陰陽道に限ったことではなく、西洋の黒魔術にしたって、「最初の満月のあとのなんちゃら」とか、「午前三時何分」とか、ある一瞬を捉えた条件は必ずと言っていいほど挙げられている。

隆聖は、決して冷たいわけでも薄情なわけでもない。彼にできるギリギリの範囲で助言をしてくれたし、シモンを見捨ててもいない。

ただ、日本屈指の術者として冷静に優先順位をつけ、シモンのことは、ひとまずユウリに任せたのだ。

もちろん、そこには、ユウリへの絶大な信頼がある。

(落ち着こう――)

隆聖の部屋に一人残されたユウリは、その静謐《せいひつ》で浄化の行き届いた空間で目をつぶり、まずは深呼吸した。

(大丈夫。シモンは、絶対に取り戻せる)

自分に言いきかせるが、思うそばから、妙な焦りが押し寄せた。

このまま、シモンを取り戻せないのではないか。

愛する人を永遠に失う恐怖――。


行ってしまった。

幸せの鳥が、行ってしまった。

これで、私の幸せも終わってしまう。


ユウリがおのれを信じようとするたび、横から邪魔をする声。

それを、ユウリは何度も否定する。

(違う)

（違う）

そんなはずはない。

（違う）

隆聖は、大丈夫だと言ってくれた。

だから、絶対に大丈夫だ。

（ああ、だけど……）

不安はとめどなく押し寄せる。

もう、戻っては来ない。
いいいいい
私の幸せの鳥。
いいいい
私の愛しい――。

（違う！）

（そんなことはない！）

（僕は、絶対に、シモンを取り戻す――）

そう念じたユウリの耳に、その時、その声は届いた。

「――ユウリ！」

ハッとして顔をあげたユウリであったが、期待に反し、シモンの姿は部屋のどこにもない。

「……シモン？」

ユウリは、不安になって呼びかける。

たしかにシモンの声を聞いたはずなのに、どうしてシモンはいないのか。

飛行機の中では、ユウリが目を開けたら、そこにいてくれた。いつものように神々しい姿で、ユウリを見ていた。

だから、今も同じであると思ったのに、違ったようだ。

シモンはいない。

いったいなにが原因なのか。

そこで、ユウリは、隆聖が詳細をメールで送ったと話していたことを思い出す。

（そう。問題は、『瓜生』だ）

少なくとも、シモンの失踪《しっそう》は、「瓜生」と関係している。――もっと言ってしまえば、「瓜生」に飾られていた、あの着物だ。

あの着物についてわかれば、シモンを取り戻す方法も見えてくるに違いない。

そこで、メールをチェックするために携帯電話を取り出したユウリは、開きながら、なにげなく、近くにあった姿見のほうに目をやった。

先ほど、隆聖が身支度をしながら見ていたもので、なんの変哲もないその鏡に、今、一人の人間が映っていた。

ハッとしたユウリは、携帯電話を投げ出して鏡のほうに走り寄る。

「――シモン！」

第四章　瑞鳥《ずいちょう》の園

1

(……ここは?)

シモンは、あたりを見まわして思う。

一面に、牡丹《ぼたん》の花が咲いていた。

赤。

白。

ピンク。

紫。

色とりどりの花から馥郁《ふくいく》たる香りが漂ってくるそこは、どうやら、牡丹が咲き乱れる庭のようである。

ただ、よく見れば、牡丹だけでなく、頭上からは、紫の花を咲かせた桐《きり》の枝が垂れ下がっていた。

そのせいだろうが、花盛りの庭は、どこか南国の密林を彷彿《ほうふつ》とさせる。

（花のジャングルか……）

呑気《のんき》に思ってしまったが、この状況は明らかに変である。

なぜなら、シモンは、つい今しがたまで、京都の老舗《しにせ》呉服屋で打ち合わせをしていたのだ。

それが、席を立ち、ユウリがいる座敷《ざしき》にあがったつもりが、なぜか、こんな場所に来てしまっていた。

なにが起こったのか。

もちろん、シモンには皆目見当もつかない。

絶大な霊能力の持ち主であるユウリのそばにいると、けっこうな頻度でおかしな状況に出くわすため、長い付き合いのシモンは、この手のことには慣れていた。

とはいえ、たいてい巻き込まれるのは当のユウリであって、シモンはそばでただハラハラしながら見ていることが多い。

ただ、どうやら、今回は違うらしい。シモンが、怪異の当事者となってしまったようである。

ここが現実の世界でないのは、一目瞭然《いちもくりょうぜん》だ。

だが、だとしたら、ここはどこなのだろう。

おのれは、なんの境界線を踏み越えたのか。

たしか、座敷にあがる直前、目の端でなにかが動いた気がした。――あるいは、光ったか。

その両方だったのかもしれない。

なんであれ、それに気を取られた次の瞬間には、もうここに立っていた。

(やれやれ)

困ったことになったもので、なす術《すべ》もないシモンが小さく溜《た》め息《いき》をついていると、ふいに背後で声がした。

「――あなたが、アレを運んできてくれたのですか?」

ハッとして振り返ると、目の前で長い黒髪が揺れた。

だが、一瞬ののちには横に流れて消えてしまい、黒髪の主を捉《とら》えることはできなかった。

「誰だ?」

シモンが問うと、ふたたび背後で気配がする。

「待ち望む者です」

「……待ち望む者？」

繰り返しながらふたたび振り返ったシモンだが、状況は先ほどと一緒で、揺れ動く黒髪が横に流れ、本体はシモンの背後へと隠れてしまう。

どうやら、シモンに姿を見られたくないらしい。

肩をすくめたシモンが、質問を続ける。

「待ち望むというのは、なにを？」

「……約束が果たされるのを」

「約束？」

背後から聞こえる声に対し、意図せず振り返ってしまったシモンだが、やはり結果は変わらず、相手の姿を捉えることはできなかった。

ただし、今回、女性はシモンの背後に逃げ込んだのではなく、かなり遠くに瞬間移動したようで、彼方《かなた》で招くように手を動かした。

もし、これが逆だったら、ちょっとしたホラーである。

遠くに見えていたはずの黒髪の女性が、次の瞬間、すぐ近くに立っているのは、日本の恐怖映画の定石だ。

もっとも、逆とはいえ、この先なにがあるかわからず、気は抜けない。

シモンはしばし悩んだ末、結局誘われるまま、歩いていく。

同じ場所にとどまっていたところで変化があるとは思えなかったし、変化がないなら、動いて変化を起こすしかない。

だが、変化を起こすのは、思うほど楽ではなかった。

歩けども。

歩けども。

どこかに辿《たど》り着《つ》くわけではなく、女性との距離もいっこうに縮まらない。自分が確実に歩いているという以外、変化している実感が湧《わ》かないため、さすがのシモンも若干不安を覚える。

おのれの選択は、合っているのか。

間違った方向へ進んではいまいか。

考えれば考えるほど、焦りは募る。

現実世界と違い、ここでは正誤の判断基準がまったくないため、自分の行動に今一つ自信が持てないのだ。

そこでふと、シモンは、ふだんは頭から締め出している人間の顔を思い浮かべた。

(もし、自分がアシュレイなら……)

シモンと同じく霊能力はまったく持ち合わせていないはずのアシュレイだが、傲岸不遜《ごうがんふそん》が服をまとっているような彼なら、同じ状況下でも、百パーセントの自信を持ってことにあたるに違いない。

そんなアシュレイと自分の違いは、なんなのか。

珍しく焦燥感にかられながら、シモンは考える。

その違いがわかれば、あるいは、アシュレイに対する劣勢を回復し、ユウリとの関係性も少しは変えられるのではないか。

そんな望みが、シモンの中に芽生える。

だが、そう思った瞬間、別の彼がその考えを否定した。

（なぜ、変わる必要があるのか――）

シモンはシモンであって、アシュレイになり代わる必要などない。

そうではなく、シモンはシモンとして、確固たる存在感でユウリのそばにいればいいだけのことである。

つまり、今彼がやるべきことは、ユウリのところに戻ることだった。

今頃、ユウリは必死になってシモンを捜している。

悲痛な声が、ここまで届いてくる気がした。


行ってしまった。

シモンは、念じる。

(大丈夫だから、ユウリ。僕はどこにも行かない。ずっと君のそばにいる。すぐに、君のところに戻るから)

だが、シモンの声が届かないのか、嘆きの声はさらに深くなった。

幸せの鳥が、行ってしまった。
これで、私の幸せも終わってしまう。

それに対し、シモンが反駁《はんばく》する。

すでに、誰が誰を想《おも》っての感情であるのかわからなくなっているが、そんなことを気にしている余裕などない。

(そんなことはない、絶対に戻るから。――君のもとへ)

だが、やはり声は届かず、嘆きがやむことはなかった。

もう、戻っては来ない。
私の幸せの鳥。
私の愛しい――。

（違う）

（違う）

（違う）

必死で否定するシモンの前で、その時、なにかがキラリと光った。

ハッとしたシモンが光のほうに歩いていくと、そこに水を湛《たた》えた水盤があり、鏡のような水面に、まわりで咲き誇る牡丹の花が映りこんでいる。

それは、なんと幻想的な光景であることか——。

惹《ひ》かれるように覗《のぞ》き込《こ》んだシモンは、そこに、本来なら映るはずの自分の姿ではなく、考え込むユウリの姿を捉えた。

「——ユウリ！」

とっさに叫んだシモンは、ユウリをつかまえようと水面に手を伸ばす。

だが、手が触れたとたん、鏡のようだった水面がゆらゆらと揺らいで、ユウリの姿も歪《ゆが》んでしまう。

極めて自然な現象だが、それにもかかわらず、シモンの口から溜め息が漏れた。

「……ユウリ」

と——。

声に気づいたのか、ユウリが顔をあげてこちらを見た。

「ユウリ——」

無駄と知りつつ、シモンはもう一度、ユウリに向かって手を伸ばす。

すると、次の瞬間。

世界がグルグルと回り出し、シモンは真っ白い光に包み込まれた。

2

ユウリが見た鏡の中に、シモンの神々しい姿があった。

なぜかは、わからない。

ただ、あれこれ考える前に走り寄ったユウリは、躊躇《ちゅうちょ》なく、左手を鏡に向けて突っ込んだ。

へたをすれば、鏡を割ってケガをする怖《おそ》れもある。

だが、ユウリは一瞬たりとも迷うことなく、叩《たた》きつけるような勢いで左手を差し出していた。

(つかまえなければ――)

思いは、ただそれだけだ。

(絶対に、シモンをつかまえないと――)

そして、指先が鏡面に触れたとたん。

左手の手首のあたりで静電気のようなものが走り、それが波動となって手のひら全体を包み込む。そのまま、まるで手首から先に見えないシールドがかけられたかのように放電しつつ、左手が鏡の中に潜り込んでいく。

その一瞬、ユウリの左手首で光り輝いたブレスレットのようなもの。

やがて、鏡の中に入った左手がシモンの手を掴《つか》んだところで、ユウリはグッと渾身《こんしん》の力で引き寄せた。

離さない。

この手を離したりはしない。

（たとえ、この身が裂けようとも、シモンをこの世界に引きずり戻してみせる――）

万感の想いを込めて引っぱったユウリであったが、思いの外、あっさり引き寄せることができてしまったため、むしろ、勢いあまって背後に倒れそうになる。

「あれ、うわっ⁉」

叫んだユウリを、鏡の中から出てきたシモンが慌てて支える。

「ユウリ！」

結果、とっさに抱き合う形になった二人であったが、おかげでユウリは尻餅《しりもち》をつくことなく、シモンも無事に戻ってきた。

そのことを、そのまま抱き合って喜ぶ。

「シモン！」

「ユウリ」

「――ああ、よかった！　本当によかった」

「うん、ありがとう」

身体《からだ》を離し、お互いの顔を見ながらさらに言い合う。

「もし、このままシモンが戻ってこなかったらどうしようって、すごく怖かったんだ」

「わかっているよ、ユウリ」

シモンが安心させるように言い、「大丈夫だから」と肩を撫《な》でながら続けた。

「僕は、そう簡単に君のそばを離れたりしない」

その力強い言葉が、こんな時だけに、ユウリの心に深く突き刺さる。

「――シモン」

「ほら、そんな顔をしないで」

困ったような表情になったシモンが、「君だって」と言う。

「同じ気持ちでいてくれると信じているよ」

「もちろん」

間髪を容《い》れずに認めたユウリが、「それなのに」と謝った。

「ごめん。そもそも、僕がもっとまわりに気をつけていたら、こんなことにはならなかったのに……」

喜びのあとで落ち込むユウリの鼻の頭を軽く押さえて、シモンが苦笑して応じる。

「なぜ、そこで謝るんだい、ユウリ。別に君が悪いわけではないだろうに」

「ううん。僕のせいなんだ」

ユウリが、後悔を露《あらわ》に言い募る。

「あの店に入った時からなにかが気になっていたのに、他に気を取られすぎていて、それから目を逸《そ》らしていた。その時点できちんと周囲に目を配っていたら、手の打ちようはあったはずなのに、浮かれて、完全に警戒心が薄くなっていたんだ」

さらに悪いことに、出かける前、隆聖《りゅうせい》からしっかり注意喚起をされていたのに、それすら受け止めきれていない。

これは、どう取り繕ったところで、ユウリの失点だ。

だが、シモンは「だけど」と慰めてくれる。

「ユウリが気もそぞろだったのは、うちの双子のことを考えていたからであって、それを言ったら、もとは僕のせいでもあるんだ。いわば、自業自得だよ」

「そんなこと」

「いいや」

譲らずに首を振ったシモンが、水色の瞳《ひとみ》をやわらかく細めて「だから」と言う。

「ユウリ、この件はもうお互い気にするのをやめにしよう。あるいは、どうせ気にするなら、責任の所在を追及することではなく、どうしてこうなったのか、その原因を掘り下げるほうに集中しないかい？」

提案したシモンが、「というのも」と人差し指をあげて伝える。

「実は、向こうの世界で一人の女性に声をかけられたんだけど、その女性があまりに悲しそうだったから、できれば、なんとかしてあげられないかと思っているんだ」

「女性に？」

「うん。……まあ、顔を見たわけではないんだけど、髪がね」

その時の状況を思い出そうとするかのように目を細めたシモンが、「それと」と言う。

「声」

「声？」

「そう。声だけははっきりと聞こえた」

「そうなんだ」

そこで目を伏せて少し考え込んだユウリに対し、シモンが「もちろん」と懸念を示して言う。

「そのことで君に危険が及ぶようなら考え直すけど、もし可能なら――」

「大丈夫だと思う」

みなまで言わせず、ふたたびシモンを見あげたユウリが請け合い、その根拠を、隆聖からの言葉として伝えた。

聞き終わったシモンが、「なるほど」と少々複雑そうに応じる。

「隆聖さんがねえ」

隆聖の、ユウリに対する人使いの荒さは、今に始まったことではない。

しかも、血縁同士納得ずくのところもあるため、ユウリの最大の庇護者《ひごしゃ》を自任するシモンですら、その関係性に口出しするのははばかられた。

ただ、歯がゆいは歯がゆいし、頭にこないわけでもない。

今回の場合、老舗呉服屋の「瓜生《うりゅう》」が、実は幸徳井家《かでい》の出先機関のようなものだったわけだが、それも、こうして聞いたあとでは、妙に納得がいった。というのも、「瓜生」の雰囲気は、どこか幸徳井家やロンドンにある「ミスター・シン」の店を彷彿とさせるものがあったからだ。

「だから」と、ユウリが続ける。

「シモンのことを抜きにしても、僕は、この件をどうにかする必要があるんだ」

それは決して義務ではないはずだが、やはり口出しするのは控え、シモンは「それなら」と申し出た。

「僕も、及ばずながら手伝うよ」

「ありがとう」

そこで、二人は場所を移しつつ、隆聖からのメールをチェックすることにしたのだが、部屋を横切りながら携帯電話を取り出そうとポケットを探ったユウリが「あれ？」と言って立ち止まり、パタパタとあちこち探り始めた。

肝心の携帯電話が、見つからないのだ。

「ない」

「ケータイ?」

「うん、どこにやったっけ?」

「知らないけど」

答えたあとでスッと床に視線をやったシモンが、ソファーの下に落ちていた携帯電話を拾い上げ、ユウリのほうに差し出した。

「これだろう?」

「あ、そう、それ」

「そこに、落ちていたよ」

「え、なんで?」

受け取ったユウリが考える。

どうして、床の上などに落ちていたのか。

その答えは、先ほどシモンを鏡の中に見つけた際、慌てたあまり、手にしていたそれを放り投げたからなのだが、ユウリはそのことを思い出す前に「ま、いいか」と考えるのを放棄して、隆聖から送られてきていたメールを開いた。

だが、開いたとたん。

「……うわ、長い」

日本語の文章がずらりと並んでいることに対し、とっさに辟易《へきえき》する。

それを見たシモンは苦笑し、該当メールを彼のスマートフォンにも転送してもらい、一緒に読むことにした。

二人で読めば、それだけ早く読み終わるし、説明の手間も省ける。

正直、これが英文か仏文《ふつぶん》であったら、シモンが先に読みくだし、それをユウリにかみ砕いて説明するのが早いのだが、さすがに、漢字の交じった日本語では、そういうわけにもいかない。

そこで、黙々と読みながら、今度こそ、二人は隆聖の部屋をあとにした。

3

二人が向かったのは、同じ幸徳井家の敷地内にある離れだった。

ユウリの母親と弟が暮らすフォーダム家の京都の拠点は、ここから歩いてすぐのところにあり、本来なら、フォーダム家の客であるシモンはそちらに泊まるべきであったが、貴公子を迎えるには少々間取りが狭いことと、ユウリが邸内にいてくれるとなにかと便利だと考える隆聖の思惑が一致し、近年は、ほぼ毎年、一流ホテルのスイートルームにも劣らない設備とホスピタリティを誇る幸徳井家の離れが、シモンとユウリのために提供されるようになっていた。

ベルジュ家は、最近になって、横浜のみなとみらい地区に一つ拠点を持つようになったのだが、京都のほうはまだ物件を探している最中だ。

とはいえ、開発が盛んな土地と違い、千年の歴史を誇る京都に物件を探すのは容易ではなく、それよりは、ここ数年、急速に開業が続いている名門ホテルのどこかと年間契約したほうがいいだろうという方向に話は傾きつつある。

だが、たとえホテルの特別室を年間契約したとしても、幸徳井家の離れほど落ち着ける場所は他にないと、シモンは思っていた。それは、ここがただ客を迎えるためだけに整えられた部屋とは違い、一種の「聖域」として清められ、邪気払いしたうえで提供されているからだろう。

そんな場所でソファーに腰かけ、ほぼ同じくらいのペースでメールを読みながら、二人はところどころで確認し合った。

「たしか、『瓜生』の店主は、問題の着物は、さる旧家の蔵から出てきたと言っていたんだったね？」

シモンが尋ね、ユウリが答える。

「そう。――たぶん、それが、このメールにある『長谷川家《はせがわ》』なんだろうけど」

「ああ、たしかに」

シモンが、該当箇所を読みながら、「つまり、実際の依頼主は」と名前をあげる。

「長谷川……あっと、これは、なんて読むんだろう？」

シモンの疑問を受け、少し先まで読んでいたユウリが言う。

「『愛』を『留《とど》める』で、『アムル』と読ませるみたいだ。――たぶん、この手の当て字の名前は、少し前の流行だと思う」

「ふうん」

おもしろそうに相槌《あいづち》を打ったシモンが、顔をあげ、本筋とは逸れたことを訊《き》く。

「漢字の字義から見ても、『アムル』というのは、ラテン語の『愛《アモル》』を意識してのことだろうね？」

「おそらく」

「それって、もしかして、君もそうだけど、海外でも通じやすい名前にするのが流行《はや》っていたとか？」

「いや、それはどうだろう？」

首を傾《かし》げたユウリが、「どちらかというと」と応じる。

「人それぞれかもしれない」

「そうなんだ？」

「根拠はないけど、主観的に見て、むしろ、変わった名前にすることで、自分の子供を集団の中に埋没させまいとする親の想いのほうが強い気がする」

「ふうん。それは、なかなか興味深い」

シモンが、感心したように応じる。

実際、欧米では、むしろ子供に血族にあやかった名前をつけることが多い。「なんとかジュニア」などは、そのいい例だろうし、「ウィリアム」や「マイケル」などが溢《あふ》れているのも、そのためだ。

個人主義が主流で、もともと個が際立っている欧米において子供の名前が汎用的《はんようてき》なものであるのに対し、和を尊重するあまり没個性的になりがちな日本人が、唯一無二の名前を求める傾向にあるというのは、社会学的になんともおもしろい現象といえる。

ただ、今は、そんなことを問題にしているわけではないので、二人はどんどん先を読み進めた。

「へえ、さすがだな」

少しずつ読む速度が速くなっているシモンが、かなり先まで目を通したところで感想を述べる。

「幸徳井家の調査は綿密で、明治時代から大正時代にかけてこの『長谷川家』が栄えていた福井県まで人を遣わして、現地で情報を集めている」

「本当だ」

追いついたユウリが、画面から目をあげずに話を続ける。

「それによると、問題の着物は、もともと、長谷川家に嫁いだ園子《そのこ》という女性の——」

そこで、いったん言葉を止めたユウリが、しみじみと言う。

「そうか、婚礼衣裳《いしょう》だったのか」

それに対し、シモンが疑問を差し挟む。

「たしかに、婚礼衣裳とは書いてあるけど、写真もないのに、なぜ、あの着物がここに書かれたものだとわかるんだい？」

「それは、柄のところに『富貴草《ふうきぐさ》』と記されているのが『牡丹』を指す言葉だから」

いた。

読みながら説明していたユウリが、そこで「ああ、やっぱり」と納得がいったように呟《つぶや》いた。

「そうなると、あの着物には、商家に嫁ぐ女性に、『富』と『夫婦愛』をもたらすよう願いが込められていたのか」

いつの間にか説明をやめ、口中でぶつぶつと言い始めたユウリを、シモンが水色の瞳でおもしろそうに見おろす。

頭がフル回転している様子が手に取るようにわかって、楽しかったのだろう。

ユウリが、独り言を続ける。

「でも、それが、どうしてあんなことに――」

ユウリの言葉を受け、シモンも続きに戻って言った。

「関係あるかどうかはわからないけど、こっちに小火《ぼや》があったと書いてある」

「あ、本当だ」

「しかも、長谷川家で起きた小火のあと、地元の呉服屋に対し、仕立て直しの代金を払っているようだね」

該当箇所をあとから読んだユウリが、「ということは」と推測する。

「なるほど」

「それと――」

「おそらく、その小火で着物の一部が焦げるかなんかして、訪問着に作り直す必要に迫られたんだろうな」

「それで、できあがったのが、あの着物?」

先を読んだシモンが、「だけど」と問い返す。

「だとしたら、彼女は、なにを失ったと嘆いているんだろう?」

仕立て直すことができたのなら、彼女があんなに悲しんでいた理由がわからない。そして、そこのところが解明できなければ、この件は終わらないはずだ。

するとユウリが、シモンにはまだ見えていない構図を口にした。

「それは、たぶん、彼女にとっての『幸福』なんだろうけど」

「『幸福』?」

シモンが、意外そうに繰り返す。

「なぜ、そう思うんだい?」

だが、漆黒の瞳を伏せて考え込んでしまったユウリからは、今のところ、明確な答えは返らない。

ユウリの中でも、まだ整理しきれていない部分なのだろう。

事実、ユウリは、袋小路《ふくろこうじ》にはまって混乱していた。

(……だけど、もしそうなら、取り返しはつかないはずだ)

そして、そうなった場合、シモンが異空間で会ったという女性――おそらく、それこそが『長谷川園子』の浮遊する魂なのだろうが、彼女の悲しみが癒《い》やされることはない。

ユウリが悩ましく考えていると、シモンが「ああ」とひどく忌まわしげな声をあげる。

「――これは、ちょっと面倒なことになるかもしれない」

ハッとして顔をあげたユウリが、「なにが？」と訊きつつ、自分もメールの続きに目を通して驚く。

「え、嘘《うそ》」

それから、顔をあげて続けた。

「夫の長谷川信一郎《しんいちろう》って、イギリスに行っているんだ」

「そう。――しかも、まずいことに、そこで事故死している」

「……うわあ」

厭《いと》わしそうな声をあげたユウリが、シモンと顔を見合わせる。

「これは、まずいね」

「そうだね」

「調べるべき場所が、いきなりイギリスに移ってしまった」

「そういうこと」

そこで、しばし考え込んだ二人は、同じ結論に達する。

先に、シモンが「もしかして」と推測した。

「隆聖さんが、この件をユウリに任せようとしたのって……」

「うん」

うなずいたユウリが、答えた。

「たぶん、あの着物に取り憑《つ》いている女性のことを理解するためには、一度、イギリスに渡って、夫の身に起きたことを、もう少し詳しく調べる必要がありそうだと考えたからだと思う」

年が明ければ、ユウリはロンドンに戻る。

だとしたら、わざわざ使いを出すまでもなく、この調査の続きをユウリに任せればいいと考えたのだ。

「……やっぱり」

シモンが、ここぞとばかりに主張する。

「隆聖さんは、人使いが荒い」

それには、ユウリも苦笑いするしかない。

「かもしれない」

ただ、シモンの言葉に同調しつつも、やはり、ユウリがその扱いを拒否する様子は見受けられず、シモンは内心で大きく溜め息をつくしかなかった。

結局、選ぶのはユウリだ。

よほどのことがない限り、シモンは、そばで見守るしかない。

そこで気持ちを切り替え、ふたたびメールに目を落としたシモンは、またしても「おっと」と疑心に満ちた声をあげる。

「どうかした、シモン?」

「……ん、いや」

彼にしては珍しく、ユウリの問いかけにそぞろな様子で応じたため、ユウリが再度問いかける。

「――シモン?」

すると、片手をあげて待てと示したシモンが、ややあって「この」とスマートフォンの画面を指しながら告げた。

「長谷川信一郎と一緒に事故にあったというイギリス人男性」

「どれ?」

訊き返しながら、ユウリがシモンのスマートフォンを覗き込む。

シモンが、見やすいように画面の向きを変えて続ける。

「名前が『パトリック・フレイザー』になっているようだけど、ユウリ、この苗字《みょうじ》に聞き覚えがないかい?」

「フレイザー？」

繰り返したユウリが、しばらく考えてから首を横に振る。

「え、特に思い当たらないけど」

「本当に？」

ユウリはとっさには思い出せなかったが、記憶力のいいシモンのアンテナには、すぐに引っかかった。

そこで、スマートフォンを自分のほうに戻したシモンが説明する。

「『フレイザー』というのは、先日、アシュレイが僕のところに話を持ってきた時禱書《じとうしょ》の以前の持ち主の名前だ。――より正確を期するならば、『預かり主』だったわけだけど」

「……時禱書？」

不審そうに繰り返したユウリが、今度はすぐに思い出す。

「あ、もしかして、『ハロウィン・メイズ』の時の？」

「そう。――思い出した？」

「そうだね」

はっきりと思い出したわけではなかったが、ユウリの記憶にもなんとなく引っかかるものがあった。

「言われてみれば、そんな名前が出てきたかもしれない」

「『かも』ではなくて、そうなんだ」

シモンは自信満々に応じ、「この家系は」と忌まわしげに続けた。

「なかなか曲者揃《くせものぞろ》いでね」

「たしか、先祖が魔術書の作成に関《かか》わっていたとかって」

「そのとおり」

人差し指をあげて認めたシモンが、「それでもって、アシュレイは」と続けようとした時だ。

ユウリの携帯電話が着信音を鳴らしたため、いったん会話はそこで途切れた。

「ごめん、シモン」

謝ったユウリが携帯電話を確認し、それが隆聖からの電話であると知って、ひとまず出ることにする。

「もしもし、隆聖？」

『ああ、ユウリか？』

「うん。どうしたの？」

訊いておきながら、「あ、でも」とユウリが報告する。

「先に教えておくと、シモンが無事に戻ったんだ」

『よかったやないか』

　ユウリにとってはなによりも重要な問題をたった一言で片づけ、隆聖は『それより』と自分のほうの用件を伝える。どうやら、よほど時間がないらしい。

『今、家人から連絡があって、門前に客が来ているそうだ』

「客？」

『ああ』

　だが、そんなことを言われても、幸徳井家に客人が来たことと自分がどう繋《つな》がるのかがわからない。

　戸惑うユウリに、隆聖が告げる。

『聞いたら、お前の知り合いのようやし、面倒なのでこれも任せる。お前のほうで、なんとかしろ』

「僕のって、え、どういうこと？」

　だが、訊き返した時には電話は切られていて、ユウリは訳がわからないまま、電話口で呟いた。

「知り合いって……」

　小学校時代の同級生でも訪ねてきたのか。

　混乱する様子を見ていたシモンが、心配そうに尋ねる。

「大丈夫かい、ユウリ」

「どうだろう、わからない」

ユウリは曖昧《あいまい》に答え、シモンがさらに突っ込む。

「隆聖さんは、なんて？」

「それが、まったく意味不明なんだけど……」

首をかしげつつ応じたユウリが、隆聖の言葉とは微妙にずれたことを答える。

「門前に面倒なお客様が来ているから、僕に対応を任せるって」

「面倒な客？」

それだけではさすがに推測のしようがなく、ひとまず会ってみないことには埒《らち》が明かないと思ったシモンは、ユウリとともにこの家の玄関に向かった。

ここは決してユウリの家ではなかったが、隆聖との親密な関係は家中に知れ渡っているため、こうしてわが物顔で歩いていても、誰もなにも言わない。むしろ、時おり、脇《わき》によって頭をさげる使用人もいるくらいだ。

玄関を出た二人が、屋根のある門まで白砂利の敷き詰められた露地を歩いていくと、たしかに、誰かが門の脇に立って待っていた。

長身痩軀《そうく》。

長めの青黒髪を首の後ろで緩く結わえ、全身黒い服で統一している。

その姿は、まさに地獄から漂い出た悪魔そのもので、そのシルエットに見覚えのあった二人は、一度立ち止まって驚いたように顔を見合わせ、それから、急いで門まで歩いていった。

そこにいたのは、やはり――。

「アシュレイ⁉」

名前を呼んだまま、あんぐりと口を開けて固まってしまったユウリ。

それもそのはずで、なぜ、イギリスにいるはずのアシュレイが、幸徳井家の玄関先などに立っているのか。

意外すぎて、シュールレアリスムの絵を見ているような気分だ。

対するシモンは、水色の瞳に氷のような冷たさを浮かべて、神出鬼没の来訪者を見つめる。

ややあって挨拶する声も、実に冷ややかだ。

「どうも、アシュレイ」

「これはまた、お揃いで」

「それで、なぜ、アシュレイがここに？」

シモンと向き合ったアシュレイが、こちらも冷たく応じる。

「そんなことを答える義理はないし、いっそのこと、お前はこの場から消えてくれて構わないんだが――」

とたん、ユウリが口を滑らせる。

「縁起でもない。やっと連れ戻したばかりで――」

「ユウリ」

言葉の途中で警告するようにシモンに名前を呼ばれるが、時すでに遅く、青灰色の瞳を光らせたアシュレイが、「へえ」とおもしろそうに言った。

「連れ戻した、ね。――その様子だと、俺の到着前から、すでにパーティーは始まっていたようだな」

小さく溜め息をついたシモンが険呑《けんのん》に応じる。

「なにをするにせよ、貴方《あなた》の到着を待つ気など、僕たちにはありませんし、そもそも用がないなら、とっととお帰りください」

「たしかに、お前たちは待っていなかったかもしれないが、これでも、俺の到着を心待ちにしていたモノがいるはずでね」

「それは、随分と物好きな――」

嫌みを言いかけたシモンだったが、そこで、相手のある言い回しに気づいて、不審げに訊き返した。

「――モノ？」

「ああ」

「人ではなく」

「かつてはそうだったろうが、今は、はてさて」

人を食った言いまわしをしたアシュレイが、「まあ」と口元を引きあげて続ける。

「言ったように、お前に話す義理はこれっぽっちもないが、挨拶《あいさつ》ついでに教えてやると、お化けの尻尾《しっぽ》をつかまえたので、追ってきたら、ここに辿り着いたんだよ」

「お化けの尻尾……？」

シモンが不思議そうに繰り返したのに対し、ハッとなにかを思いついたように顔をあげたユウリが、横から唐突に訊いた。

「時に、アシュレイ、いつ日本に着いたんですか？」

アシュレイが、胡乱《うろん》な眼差《まなざ》しを向けて訊き返す。

「また、お前は、なんだ突然？」

「なんでも」

珍しく食いさがったユウリに、アシュレイが肩をすくめて答える。

「――昨日の午後の便だが」

「ああ、やっぱり」

それは、ユウリとシモンが日本に着いたのとほぼ同時刻といえよう。言い換えると、ユウリたちとアシュレイは、それぞれ違う航空会社の便に搭乗し、上空で接近していたということになる。

その意味するところは——。

納得した様子のユウリが、「それなら」と質問を続ける。

「もしかして、なにか鳥がモチーフになったものを持ってきていませんか？」

とたん、底光りする青灰色の瞳を妖《あや》しく輝かせたアシュレイが、質問には答えず、理由を問う。

「なぜ、そう思うんだ？」

それに対し、水色の瞳を細めたシモンが、「つまり」と言い換える。

「持ってきているんですね？」

「さて、どうかな？」

会話が腹の探り合いの様相を呈してきたところで、ユウリが「まあ、どっちにしろ」と快くアシュレイを迎え入れた。

「せっかく日本まで来たのですから、ひとまずあがってください、アシュレイ。話は、それからということで」

4

「どうぞ、こちらへ」

ユウリは、アシュレイを、ユウリとシモンが使っている離れへと案内した。

当然、シモンは賛同しかねたが、他人様《ひとさま》の家の玄関先でする話ではなかったため、苦渋の譲歩である。

正直、話をするだけなら、母屋の応接間か、あるいはいっそ玄関脇にある小部屋でもいいような気がしたが、年の瀬も押し迫った今はあちこち大掃除の手が入っているので、邪魔になってはいけないと配慮したうえでのことだった。

とはいえ、あの「聖域」にも似た空間をアシュレイに土足で荒らされるのは、耐えがたい苦痛であり、気配が残るようなら、あとあとホテルへ移動することも考えていたシモンであったが、それは杞憂《きゆう》に過ぎないことが、ほどなくして判明する。

ユウリが、どれほどアシュレイと交流を持っても変わらずユウリであるように、この離れもまた、アシュレイごときに侵されるほど脆《もろ》くはなく、静謐《せいひつ》な空間は、アシュレイが高飛車な態度で椅子《いす》に座り込んでも、やはり静謐なままだった。

そのことに感心しながら、ユウリから手渡されたコーヒーカップを受け取るシモンの前で、アシュレイが、同じようにカップを受け取りながら問い質す。

「それで、お前はなんで、さっきあんなことを言ったんだ？」

だが、ユウリがそれに答える前に、コーヒーを一口飲んだシモンが言い返した。

「それより、アシュレイ、『お化けの尻尾』というのがなんなのか、それを先に教えていただきたいですね」

会話の流れを邪魔されたことで険呑な視線を向けたアシュレイが、口元を軽く引きあげて嫌みっぽく応じる。

「悪いが、その点に関して、ユウリはすでにお見通しのようだが？」

シモンが、ユウリを見て問う。

「そうなのかい？」

「ううん。そういうわけじゃない」

近くの椅子に座ったユウリが首を振って否定すると、すかさずアシュレイが、「それは、変だな」と言い返した。

「それで、なんで『鳥がモチーフになった』云々《うんぬん》の話になるんだ？」

「――ああ、えっと」

言《い》い淀《よど》んだユウリを見て、シモンが助け船を出す。

「つまり、やはり、『お化けの尻尾』の正体は、『鳥がモチーフになったもの』なんですね？」

このままでは、「お化けの尻尾」を中心に堂々巡りになりそうだった。

そこで、大仰に溜め息をついたアシュレイが、「まあ、いい」と譲歩する。

「郷に入っては郷に従えと言うし、今回は、お前のわがままに付き合ってやろう」

完全なる嫌みであったが、シモンは白皙《はくせき》の面でしらっと応じる。

「ありがとうございます」

「ということで、お化けの正体は、これだ」

アシュレイが、コートのポケットから小箱を取り出した。

シモンが、箱を見おろして尋ねる。

「なにが入っているんです？」

「見りゃ、わかる。――ただし、気をつけろ」

手を伸ばそうとしたシモンに対し、アシュレイが警告する。

「爆発物と同じで、あまり手荒に扱うと、中の怨霊《おんりょう》が祟《たた》るらしい」

聞いたとたん、ユウリが慌てて横から手を伸ばし、慎重に蓋《ふた》を開けた。シモンに祟りが及ぶくらいなら、自分が引き受けるという意思表示である。

箱の中を一目見たユウリが、「ああ、やっぱり」と納得する。

そんなユウリを見て、シモンが訊いた。

「『やっぱり』って、なにが『やっぱり』なんだい、ユウリ?」

「だって、ほら、これ」

言いながら、ユウリが中身を取り上げてシモンの前に差し出して見せた。

水色の瞳で見おろしたシモンが、「まあ、たしかに」と認める。

「さっき、君が言っていたように、鳥がモチーフになっているようだけど……。この形はブローチだろうか?」

だとしたら、針の部分が壊れていることになる。

そう考えたシモンだが、ユウリはあっさり否定する。

「違う。帯留めだよ」

「帯留め?」

着物の小物類までは知識のなかったシモンが、困惑気味に訊き返す。

「ごめん、ユウリ。『帯留め』というのは?」

「ああ、えっと、文字どおり、『帯に留める』もので、『帯締め』という帯を締める紐《ひも》と組み合わせてつける一種の装飾品なんだ」

こちらは、さすがに母親が生まれ育った国の文化で、自身も幼い頃から馴染《なじ》んでいるだけはあって、いつもとは完全に立場が逆転していた。

ユウリが続ける。

「着物に合わないせいか、近年まであまり『宝飾品』と目される類《たぐ》いのものが栄えてこなかった日本においても、早いうちから芸術品と呼べる作品が作られてきたものの一つが帯留めなんだ」

「ふうん」

文化的な背景はともかく、たしかに、目の前の帯留めは、芸術品と呼ぶに相応《ふさわ》しい美しさと豪華さだった。

横長の楕円形《だえんけい》の中に、花で囲まれた尾の長い鳥が二羽、向かい合うように曲線でデザインされている。

エナメルで色づけされた花。

貝細工の羽。

冠羽《かんう》やくちばしや瞳に使われているのは、珊瑚《さんご》に真珠にエメラルドだ。

その仕事の細やかさは、間違いなく超絶技巧を駆使した職人技といえるだろう。

シモンが帯留めを見ながら、尋ねた。

「それなら、この鳥はなんだろうね？ ——孔雀《くじゃく》？」

それに対し、ユウリが小さく呟く。

「……鳳凰《ほうおう》」

「鳳凰？」

聞き取ったものの、またしてもあまり耳慣れない言葉を、シモンが知識にある範囲で確認する。

「それは、中国における伝説の鳥と呼ばれているものだっけ？」

「そう」

「でも、なぜ、そうだと断言できるんだい？」

シモンにはピンとこないようであったが、見慣れている人間からすると、その正体は明らかだったし、ユウリにしてみれば、今、このタイミングで現れるとしたら、それ以外にありえなかった。

ただ、それをうまく説明するのは、あんがい難しい。

「それは、これから話すけど」

答えたユウリが、「ただ、その前に」とアシュレイを見あげて訊いた。

中途半端な情報だけで判断するより、わかっていることはすべて聞いたうえで、結論を出したかったのだ。

「アシュレイ。これ、どうしたんですか？」

「『ミスター・シン』の店から持ち出した」

あっさり答えたアシュレイだが、それは、あの店の事情を多少なりとも知る人間からすると、やや驚くべき事実と言える。

「『ミスター・シン』の店から⁉」

訊き返したユウリに続き、シモンも胡乱げに言う。

「また、なぜ、あえてそんな面倒なことを――」

「別に、こっちだって好き好んでやっているわけじゃない」

「そうなんですか？」

むしろ、好き好んでやりそうだ。

おのれの興味のためなら、いくらでもそういうことをやりかねないのがアシュレイである。

疑心暗鬼の表情でいるシモンに代わり、ユウリが横から訊く。

「それなら、なぜ、これは、『ミスター・シン』の店にあったんですか？」

ユウリに視線を向けたアシュレイが、「それは」と説明する。

「お前たちもこの名前は聞いた覚えがあるはずだが、これは、もともとフレイザー家にあったものなんだ」

もちろん、覚えている。

少なくともシモンは覚えていたし、シモンのおかげで、ユウリも愚かな質問をせずにすんだ。

アシュレイが、二人に口をはさむ隙《すき》を与えずに続けた。

「だが、これこそが、一族の破滅を招き、その遺産を受け継いだポトマック家を長きにわたって悩ませたため、ある時、ついにたまりかねたポトマック家の人間によって、ミスター・シンのところに預けられたんだ」

「なるほどねえ」

経緯は、今のでわかった。

うなずいたシモンが、「だけど」と問う。

「そもそも、なぜ、帯留めなんかがイギリスにあったんでしょう？」

着物の装飾品であるなら、イギリスに持ち込む意味はない。

だが、アシュレイは、鼻で笑って言い返す。

「それを言ったら、『根付』も一緒だろう。日用品としては必要もないのに、ヨーロッパには蒐集家《しゅうしゅうか》が溢れている」

「ああ、そうか」

「これが、『いわくつき』と思うからおかしくなるんだろうが、ふつうに考えて、明治時代の日本の工芸品は『超絶技巧』と謳《うた》われ、当時、ヨーロッパの富裕層に多くの愛好家を生んでいる」

「そうですね」

そこはシモンもおのれの間違いを素直に認め、「それなら、これも」と帯留めを見おろして言った。

「そういったものの一つですか？」

「ああ」

　認めたアシュレイが、人差し指をあげて教える。

「オークションハウスをあたって来歴を調べたところ、これは、やはり明治時代の日本で作られ、当時、向こうに滞在していたとある英国商人が、妻への土産としてイギリスに持ち帰ったものだった」

　シモンが確認する。

「『とある英国商人』ということは、その時点では、まだフレイザー家は関係ないんですね？」

「関係ない。『チャールズ・ストナー』というまったくの別人だ。それが、妻の死後にオークション会社を通じて売りに出され、今度は、その時期に渡英していた日本人が手に入れる」

「──ああ、もしかして」

　心当たりのあったシモンが、ユウリと顔を見合わせながら尋ねた。

「長谷川信一郎ですか？」

「へえ」

アシュレイが、おもしろそうに二人を見やる。

どうやら、当たりであるらしい。

つまり、アシュレイは、まさにその長谷川信一郎の形跡を追って、わざわざ日本へとやってきたのだろう。それは同時に、ユウリとシモンが、これからイギリスに行って調べなければならないと考えていた情報と一致するはずだ。

なんと幸運であることか——。

アシュレイが、底光りする青灰色の瞳を妖しくきらめかせて言う。

「やはり、この名前で繋がったか」

「そのようですね」

まったく別々の方面から関わった両者の思惑が、見事に一致した瞬間だ。

「だけど」

シモンが、首を傾げて疑問を呈する。

「そうなると、フレイザー家は、どの段階でこの件に関わってくるんですか?」

「いい質問だ」

アシュレイが認め、冷めてしまったコーヒーを一口飲んでから尋ね返す。

「事故のことは?」

「ええ」

シモンがうなずき、正直に告げる。

「長谷川信一郎が、イギリスで事故死したのはわかっています。その際、横転した馬車に同乗していたのが、『パトリック・フレイザー』という名前の人物だったことも、知っていますが、そこに至るまでの情報は、今のところ皆無です」

それを、これから調べるつもりでいたのだが、もうその必要はなさそうである。

シモンが、ここぞとばかりに尋ねた。

「そもそも、なぜ二人は知り合いだったんですか？」

当然、アシュレイは、フレイザー家と長谷川信一郎の繋がりについては、調べ尽くしているはずだ。

案の定、アシュレイはまごつくことなく答えた。

「二人は、当時社交界の花形だったとある侯爵夫人のサロンで知り合ったようだ。パトリックは当時流行《はや》りだった東洋趣味にかぶれていたようで、おそらく、彼のほうから積極的に長谷川信一郎を誘い出したんだろう。問題は、パトリックが、やはり当時盛んだったオカルト趣味にも傾倒していたため、付き合いを重ねるうちに、そのことで、二人の間に口論が巻き起こる」

「……オカルトねえ」

シモンが、水色の瞳をわずかに細めてアシュレイを眺めやる。こうして淡々と話す目の前の男も、いわば現代の「オカルト主義者」である。

　複雑な心境のまま、シモンは確認した。

「長谷川信一郎は、そうではなかったんですね？」

「ああ。現実主義者というほどでもなかったようだが、悪魔の類いは、まったくのナンセンスだと批判したらしい。――そのことは、憤慨したパトリックが、かなりの量を割いて日記に書き残していた」

「なるほど」

　うなずいたシモンが、「それで」と続きをうながす。

「どうなったんですか？」

　すると、アシュレイがニヤッと笑って先を続けた。

「ある時、二人は、悪魔の存在を巡って賭《か》けをしたんだ」

「賭け？」

「そう。悪魔召喚の儀式を行い、その際、自分たちの命の代わりに、命の次に大切なものを賭けるということをやり、その時に信一郎が賭けたのが、この帯留めだった」

「……バカなことを」

　シモンが秀麗な顔をしかめて呟き、アシュレイは肩をすくめて同意を示す。

　ただし、シモンが行為そのものを批判したのに対し、アシュレイは、悪魔召喚のやり方のまずさをあげつらったようである。

「たしかに、バカだった。——悪魔が、代用品なんかで手を打つはずがないからな」

シモンが、水色の瞳を向けてアシュレイを見る。

「それって、つまり、悪魔は召喚されたということですか？」

「そうだ」

認めたアシュレイが、「パトリックは」とフレイザー家の先祖を名指しして続ける。

「当時の他の記録を見ても、かなり腕のいい黒魔術師だったようで、悪魔の召喚には何度も成功しているんだ」

「そんな——」

バカなことと一蹴《いっしゅう》したいシモンであったが、それを否定するのは、ユウリのことを否定するのに等しい。

以前のシモンであれば、こんな眉唾《まゆつば》っぽい話は、端《はな》から否定していた。

だが、実際、ユウリの霊能力を目の当《ま　あ》たりにし、さまざまな怪異に遭遇してきたあとでは、必ずしも否定できない自分がいる。

アシュレイが、葛藤《かっとう》するシモンをあざ笑うように見て、「まあ」と情けをかけた。

「そこは、信じようが信じまいが、好きにすればいい。話の本筋とは関係ないからな」

かく言うアシュレイは、どうなのか。

信じるのか、信じないのか。

真意がわからないまま、彼は「ただ」と続けた。

「パトリックの日記によれば、その日、悪魔は召喚され、賭けはパトリックが勝ったことになり、悪魔への捧《ささ》げものは、長谷川信一郎が賭けた『鳥のモチーフの装飾品』に決まった」

「『鳥のモチーフの装飾品』――」

シモンが呟き、ユウリと視線を合わせる。それこそが、今回の騒動のキーワードとなりつつあるからだ。

アシュレイが、「その際」と続ける。

「彼が悪魔とどういう取引をしたかは伝わっていないため、残念ながら詳細はわからないが、おそらく、なんらかの方法で貢ぎ物をあとから悪魔に差し出すことになっていたんだろう」

「後払いですか。――分割払いもできるんですかね？」

揶揄《やゆ》するように言ったシモンをチラッと見て、アシュレイが、「これは」と続けた。

「俺の推測に過ぎないが、悪魔と取り引きするにあたり、貢ぎ物を異空間に移送するための魔術が存在し、細かな日時の指定などに従う必要があったのかもしれない」

「それで、長谷川信一郎は納得したんですか？」

「いや」

アシュレイが、皮肉げに笑って応じる。

「納得しなかった」

「そうでしょうね」

「それどころか、馬車の中で、愚かにも翻意して、『鳥のモチーフの装飾品』は渡せないと言い出した。それこそが、まさに悪魔の狡知《こうち》であるわけだが、せっかくパトリックが命を落とさずに悪魔召喚を成し遂げたというのに、それを、彼があっさり覆してしまったんだ。——さっきも言ったとおり、悪魔が代用品なんかで満足するはずがないからな」

「それで、どうなったんです？」

シモンが話に引き込まれ、アシュレイがあっさり結果を伝える。

「彼が約束を反故《ほご》にしたとたん、二人が乗っていた馬車が暴走し、ついには道を外れて横転した。途中、窓から放り出されたパトリックはなんとか一命を取り留めたが、馬車の下敷きとなった長谷川信一郎は、帰らぬ人となったんだ」

「——それは」

シモンは言葉を失って沈黙した。事故死の陰に、そんな忌まわしい話が存在していたとは、さすがに驚く以外にない。

ややあって、帯留めに視線をやりながら、シモンが訊く。

「でも、彼は、なぜ、そこまでこの帯留めに固執したんでしょう？」

「さあ？」

両手を広げたアシュレイが、「残念ながら」と応じた。

「長谷川信一郎の手記は残されていないので、彼の気持ちはわからない。ただ、パトリックの話では、彼は、これを日本にいる妻のために買ったらしい」

するとと、それまで黙って話を聞いていたユウリが、ようやく口を開いた。

「失われた鳳凰の代わりですね？」

アシュレイが、底光りする青灰色の瞳を満足げに細めて認める。

「ご明察」

ただ一人、話のわからなかったシモンが、ユウリを振り返って尋ねた。

「失われた？」

「うん」

ユウリがうなずき、アシュレイが自分の知り得た範囲で解説する。

「信一郎が語った話としてパトリックが書き残しているのは、長谷川の実家で小火があり、その際、彼の妻が婚礼の時に着た着物の一部が焼け焦げてしまったそうだ。それで家に出入りしていた呉服屋に頼んで仕立て直してもらったものの、本来、着物に描かれていた鳳凰が無残にも失われてしまった。そのことを妻がとても嘆いていたので、代わりに鳳凰のデザインされた帯留めを手に入れたそうだ。――妻にも手紙で知らせたらしく、妻は夫が帰国するのを待ちわびていたらしい」

「もしかして、その矢先の事故ですか？」

「そうだ」

アシュレイが認め、シモンも「なるほど」と納得する。

それなら、悪魔に渡すのを躊躇《ためら》ったのも理解できるが、それがさらなる悲劇を生んでしまったというのだから、なんとも皮肉なものである。

もともと、悪魔を召喚したり、それを賭け事にしたりしたのがいけないとはいえ、見慣れない西洋の文化に刺激され、つい好奇心に負けてしまったと思えば、決して責められることではなかった。

やはり、気の毒としか言いようのない話だ。

そして、帰らぬ夫を待ち望み、着物に心を残したまま亡くなった妻もまた、かわいそうだとシモンは思う。

ただ、一つ、シモンがわからないのは――。

「だけど、ユウリ、さっきも訊いたけど、君はなぜ、鳳凰のことを知っていたんだい？」

シモンとユウリは、同じ範囲の情報しか持ちえなかったはずだ。

それなのに、鳳凰のことを承知していたのが不可解だった。――もっとも、ユウリは最初から、「鳥のモチーフ」に固執していたので、シモンの知らないなにかを見ていた可能性は十分にありうる。

ユウリが、答えた。

「あの着物だよ。──『瓜生』に飾られていた」

「牡丹柄の？」

「そう」

うなずいたユウリが、続ける。

「鳳凰と牡丹の柄は、幸福と夫婦愛の吉祥文様だから、婚礼衣裳の柄としてとても好まれるんだ。──それなのに、あそこには、鳳凰がいなかった。正確には、柄の中に尻尾の一部分だけが残されて、あとは、きっと焦げた部分と一緒に切り取られてしまったんだろうね」

説明したユウリが、「でも」と続ける。

「今回に限って言うと、かんじんなのは、桐の花とそばにかけてあった帯の模様である竹なんだ」

「桐の花──」

実は、シモンはあの着物を近くで見たわけではないので、そこに桐の花が描かれていることは知らなかった。ただ、「桐の花」と言われて妙に身近に感じたのは、異空間を彷徨《さまよ》っていた際、牡丹とともに桐の花が咲いていたからだろう。

二人の会話を聞いていたアシュレイが、「なるほど」と言う。

「桐の花と竹ね」

どうやら、アシュレイも、その組み合わせには思うところがあるらしい。それを、すぐに解説してくれる。

「俺は、実物を目にしたわけではないが、鳳凰は、中国の説話に、『梧桐《ごとう》の樹《き》に住み、竹の実を食べる』とある。それが、日本では種類の違う桐の花に変化したわけだが、吉祥文様として成立している限り、問題はない。――つまり、その二つを組み合わせることで、くだんの着物にゆかりのある鳳凰を呼び寄せたってわけだな」

「はい」

ユウリが、感心しつつうなずく。

本人も言っていたように、着物を見てもいないし、ことは東洋の吉祥文様についてなのに、さすが、よくわかっている。

博覧強記と謳われるのは、伊達《だて》ではないということだ。

ただし、本人はいささか不満であるらしく、口元を歪め、皮肉げに付け足した。

「で、まんまと俺が運ぶ羽目になった」

「……ですね」

ユウリが遠慮がちに認める横で、シモンがハッとしたように二人を見つめる。

あの異空間で、黒髪の女性はシモンに言った。


――あなたが、アレを運んできてくれたのですか？


その時は、シモンにはなんのことだかわからなかったが、今ならわかる。長谷川信一郎が持って帰るはずだった、この帯留めのことを言っていたのだ。

だが、シモンは運んでいない。

運んだのは、アシュレイだ。

そして、先ほどユウリが確認したところによれば、シモンたちが搭乗していた飛行機とアシュレイの乗った飛行機は、上空で接近していた可能性がある。つまり、その時に生体エネルギーが混交し、異空間の者に取り違えられた可能性は十分にありえた。

一人、納得するシモンの前で、「ということで」とアシュレイが話をまとめる。

「その女が待つ着物のところまで、この鳳凰が帰り着ければ、問題は一気に一件落着というわけだ」

「そういうことになりますね」

ユウリも同意し、嬉《うれ》しそうに鳳凰の帯留めを見おろした。

そんな二人を眺めつつ、シモンが「ところで」と淡々とした口調に戻って尋ねる。

「そもそものこととして、アシュレイは、なぜ、またフレイザー家と関わることになったんです？」

だが、底光りする青灰色の瞳を険呑に細めたアシュレイは、遮断するように冷たい声で言い返した。

「――そんなこと、訊いてどうする？」

「別に、どうもしませんが、ちょっとしたお使いをするには、日本はいささか遠すぎますからね。おそらく、貴方にとってよほど重要ななにかを、フレイザー家は握っているんだろうなと思っただけです」

「ほう？」

急に険悪な雰囲気になったシモンとアシュレイを、ユウリが不安そうに見守る。

アシュレイが、つまらなそうに返した。

「それこそ、よけいな詮索《せんさく》ってもんだ」

「だといいですけど」

正直、シモンは、アシュレイがなにをしようとどうでもいい。ただ、その過程で、ユウリにちょっかいを出すのを警戒しているだけである。

そのことを重々承知しているアシュレイが、どこか挑発するように付け足した。

「一つ言っておくと、俺にとって、フレイザー家は問題ではない。ただ、そこに刻み込まれた爪痕《つめあと》にこそ、意味があるんだよ」

「——爪痕？」

シモンが訊き返すが、アシュレイにそれ以上答える様子はなく、「ほら」とユウリをせっついた。

「ぼーっとしてないで、お前はお前で、さっさとやるべきことをやれ」

そこで、ユウリは「瓜生」に連絡を入れ、例の着物についてなんとかできるかもしれないので、これからシモンと友人を伴って行くと伝えた。

5

急な来訪であったにもかかわらず、「瓜生」の店主は、にこやかに彼らを迎え入れてくれた。その際、神隠しにあったように消えたはずのシモンが一緒であったことにも、特になにを言うでもない。

どうやら、幸徳井家との付き合いは思った以上に深いようで、この手のことにかなり慣れている様子が窺《うかが》える。

来訪の事情についても詳しくは訊かず、ただにこやかにこう言った。

「掃除は、できるなら、年内にしはるのがよろしいかと」

つまり、この預かりものの着物も、年内にきれいにし、年明けには持ち主に返したいと考えているらしい。

座敷は、相変わらずきれいに片づけられていて、先ほどと同様、着物と帯が飾られているだけである。

彼らを案内すると、店主はすぐに姿を消した。

その際、一言。

「奥にいますので、お帰りの際に一声かけてください」

本当に、いっさい口を出す気はないらしい。

座敷に三人だけになったところで、ユウリは早速着物の前に立ち、帯留めを両手で持って、一度深呼吸した。

それから、いつもどおり、まずは四大精霊を呼び出す。

「火の精霊《サラマンドラ》、水の精霊《ウンディーネ》、風の精霊《シルフィード》、土の精霊《コボルト》。四元の大いなる力をもって、我を守り、願いを聞き入れたまえ」

すると、部屋の四方から漂い出てきた白い光が、戯れるようにユウリのまわりをグルグル回り始める。

それらを見ながら、ユウリが請願を口にする。

これも、いつもどおりだ。

「吉祥の象《かたど》りが示す力により、離れ離れになっていた二人をふたたび結びつけたまえ。そして、瑞鳥の潜む場に、新たなる幸福が舞い降りるよう見守りたまえ」

最後に請願の成就を神に祈った。

「アダ　ギボル　レオラム　アドナイ！」

とたん、手にした帯留めに四つの光が潜り込み、次の瞬間――。

パアッと。

部屋全体に広がったまばゆい光が、彼らの視界を覆い尽くす。

とっさに顔に手をやった彼らの前で、光の中からたった今生まれたかのように、色鮮やかな羽を持つ鳥が、大きく舞った。

貝のように輝く羽。

珊瑚のように赤々とした冠羽。

指の隙間から覗き見たユウリは、相手の瞳がエメラルドを思わせる深い緑色をしているのに気づく。

（なんて、きれいな――）

そんな幻想的な鳥が、バサ、バサッと。

重い羽音を響かせ、異空間へと飛び去っていく。

その際、どこからともなく漂ってきた、甘い花の芳香。

彼方と此方《こなた》の空間が交差し、請願どおりに離れ離れになっていた魂を一つの場所に引き寄せる。

ユウリは、白い光の中で、翼を広げた鳳凰を追うように、一組の男女が手に手を取り合って歩いていく姿を見た。

これで終わる。

二人の姿が消えるのを見届ければ、それで、今回の術は完了するはずであった。

だが、ユウリがそう思った、次の瞬間――。

ドオン、と。

空間に衝撃が走り、ユウリの身体が揺らいだ。

「――ユウリ！」

倒れかけたユウリを、とっさに背後からシモンが支える。

その際、ユウリの手から落ちた帯留めが、畳の上でバウンドして転がった。

刹那《せつな》。

ユウリは黒い影が部屋を横切り、金属が黒板を引《ひ》っ掻《か》くような耳障りな音が響くのを聞いたように思う。

その禍々《まがまが》しさ――。

いったい、なにが起きたのか。

シモンの腕の中で息をひそめるユウリと、彼らのそばで空間をジッと見つめているアシュレイ。

その表情は相変わらず不敵で、あるいは、この展開を予期していた様子すら窺える。

そうして気づけば、いつの間にかあたりを包み込んでいた白い光は消滅し、あとには以前と変わらない、壁際にかけられた着物と帯、そして床に転がった帯留めだけが残されていた。

終わったのだ。

すべて、終わった。

長谷川信一郎とその妻である園子の魂は、時を経て、ふたたび出会うことができた。それと同時に、それぞれ心を残していたモノから解放されたはずである。

断言はできなかったが、ここに、彼らの気配が残っていないのがその証拠だ。

その点は確信しているユウリだが、やはり、どこか釈然としない。

最後の最後に、この空間を揺るがしたあれは、なんだったのか。

ひどく危険な存在だったことは、間違いない。

考え込むユウリの前に、その時、どこからともなくヒラヒラと舞い落ちて来るものがあった。

ヒラリ。

ヒラリ、と。

先に気づいたシモンが、右に左に揺れながら落ちてきたものを手に取り、一度眺めてからユウリを呼ぶ。

「ユウリ」

「――え？」

顔をあげたユウリの前に、シモンがそのものを差し出した。

「これ」

受け取ったユウリは、その正体を知って、小さく目を見開く。

「……羽根?」

それは、極彩色に輝く一枚の羽根だった。

しかも、その色といい、タイミングといい、なにが落としていったものかは、一目瞭然である。

羽根に見入っているユウリに、背後からシモンが訊く。

「それって、もしかして」

「うん。鳳凰の落とし物だと思う――」

いちおう答えるが、気もそぞろといった様子のユウリは、彼らの目の前で帯留めを拾いあげているアシュレイに視線を移して、尋ねた。

「――もしかして、アシュレイは、アレの存在を知っていたんですか?」

手にした帯留めを目の高さに持ち上げて眺めたアシュレイが、振り向きもせずに飄々《ひょうひょう》と訊き返す。

「アレって?」

「とぼけないでください。わかっているくせに」

珍しくユウリが責めるように言うと、チラッとこちらに視線を流したアシュレイが、薄笑いを浮かべて応じた。

「悪魔の存在なら、当然知っていたさ。──というか、お前だって認識していて然るべきだろう。俺は、隠したつもりはないからな」

「──悪魔？」

心許なげに繰り返したユウリの背後で、水色の瞳を警戒するように細めたシモンが、「もしや」と問う。

「アシュレイが言っているのは、パトリック・フレイザーと長谷川信一郎が呼び出した悪魔のことですか？」

「ああ」

「それが、この帯留めに取り憑いていたと？」

「そうだよ」

当たり前のように受けて、アシュレイが説明する。

「そんなの、ちょっと考えればわかることだろう。俺は、悪魔召喚の話はしたし、それが成功したことも教えた。さらに、長谷川信一郎が、帯留めに執着するあまり、悪魔との賭けで翻意したことも伝えたはずだ」

たしかに、それは聞いていた。

その結果、彼が悲惨な末路を迎えたことも聞いている。

だが、次のことは初耳だった。おそらく、アシュレイが巧みに情報操作をしているからだろう。

「そんなことをしておいて、今まで連れ去られずにいられたのは、ひとえに、彼が執着していたこの帯留めのモチーフが吉祥文様の代表格である鳳凰で、その聖なる力に守られていたからに過ぎない。――となれば、悪魔が、自分の取り分である魂を狙い、常にその在《あ》り処《か》を見張っていたかもしれないというのは、バカでも考えつく」

「つまり」

シモンが確認する。

「その帯留めには、最初から、長谷川信一郎の魂の他に、その魂を狙う悪魔と、その悪魔から長谷川信一郎の魂を守る鳳凰の力が働いていたと？」

「そういうこった」

アシュレイが認め、ユウリが「だから」と納得したように言う。

「あの時、帯留めから解放された長谷川信一郎の魂を狙って、悪魔が襲いかかってきたんですね？」

結果、四大精霊が守る時空が揺らいだ。

「ああ」

当然のごとく肯定したアシュレイを睨んで、シモンが「だけど」と文句を言った。

「そのことにユウリが気づいていないとわかった時点で、なぜ、忠告をしてくれなかったんです？」

アシュレイに限り、忘れたとか、気づかなかったなどということはないはずだ。

それこそ「悪魔のように」頭の切れる彼であれば、忠告しなかったことにも、なにか意味があるに違いない。

そのことを、アシュレイ自身が「言っただろう」と仄《ほの》めかす。

「俺が興味があるのは、爪痕だけだと――」

そう言ってアシュレイが振ってみせた帯留めには、傍目《はため》にもはっきりとわかるほどの大きな傷がついていた。

おそらく、先の襲撃で、悪魔が残していったものだろう。

眉をひそめたシモンが、忌まわしそうに尋ねる。

「それなら、その帯留めは、どうするおつもりですか？」

本来なら長谷川家のものであるが、どう見ても使い物にならなくなってしまった今、引き取り手がいるとも思えない。

だが、酔狂な人間はいるものだった。

「当然、俺がもらうことになっている」

まるで許可を得ているような言い方に不信感を覚えたシモンが、「それは」と質問を重ねる。

「なんの権限で、ですか？」

すると、それに対し、アシュレイからはひどく意外な答えが返った。

「長谷川信一郎その人だよ」

「――長谷川信一郎？」

いぶかしげに繰り返したシモンが、「ですが」と当然の疑問を口にする。

「長谷川信一郎は、過去の人物です。その彼に、許可を得たという気ですか？」

「ああ」

あっさりうなずいたアシュレイが、踵《きびす》を返しながら「言っておくが」と告げる。

「死者の霊と話すのは、なにもそいつの専売特許というわけじゃないからな」

それから、意外そうに顔を見合わせたユウリとシモンをその場に残し、アシュレイは「瓜生」を出て行った。

終章

年末。

彼方《かなた》で除夜の鐘が響くのを聞きながら、シモンが訊《き》く。

「大丈夫かい、ユウリ」

「……ああ、うん、ごめん」

少しぼーっとしていたユウリは、謝ってから、シモンが買ってくれた屋台の甘酒を受け取った。

師走の凍るような寒さの中で、その温かさは骨身に染みる。

シモンが、甘酒を口にしながら、少々残念そうに尋ねた。

「もしかして、まだアシュレイのことを気にしているのかい？」

「――そうだね」

申し訳なさそうな口ぶりになりつつ、ユウリが素直に認める。

「考えてもしかたないとは思っているんだけど、なんか妙に気になって」

「……たしかに」

「帯留めを運ばされた」とぼやいていたアシュレイは、結局のところ、自分の目的のためにあれを運び、ふたたび持ち去った。

そこに、どんな意味があるのか。

考えたところで、彼らにわかるわけがない。

だから、シモンなどはもう考える気も失《う》せているのだが、どうやら、ユウリはそうはいかないらしい。

気持ちはわからなくもないが、あまり考え過ぎないで欲しいとシモンは切に願う。そこで、気分を変えるように助言した。

「まあ、悩んだところで、アシュレイの考えていることなんて、僕たちにわかるわけがないのだから、これ以上、時間を無駄に使わないようにしないとね」

「わかっている」

甘酒に口をつけたユウリが認め、シモンが「それより」と明るい話題を振った。

「ロワールでは、君の案が全面的に通ったようだよ」

ベルジュ家の居城を地名で告げたシモンに、ユウリが「え?」と驚いて訊き返す。

「僕の案って、もしかして……?」

「そう。妹たちのドレスの生地だよ」

片手で持った甘酒のコップを乾杯するように突き出しつつ認めたシモンが、「向こうに」と教える。

「デザインのイメージ画像を送ったら、あまりの出来に、みんな興奮していたよ。妹たちからは、『ユウリ、天才』だの、『ユウリ、すごすぎる』だの、語彙力《ごいりょく》の無い褒め言葉が一杯送られてきているし」

「それは、よかった」

ホッとしたユウリも晴れやかな表情になって、「僕も」と浮かれた声で言う。

「二人のドレス姿が、今から楽しみだよ」

そんな他愛無い会話をしながら、人で賑わう大晦日《おおみそか》の参道を、二人は仲良く肩を並べて歩いていった。

あとがき

この冬は、寒くなったかと思うと、一転、春のような陽気になったりして、体調管理に苦慮する日々となっていますが、みなさんはいかがお過ごしでしょうか？

こんにちは、篠原美季《しのはらみき》です。

さて、今回は表題に「自選集」とあるように、今まで書いたショートストーリーの中からこれというものを選んで、もう一度スポットライトを当てることにしました。

というのも、山のようにある作品の中には、付録で終わらせてしまうのが少々惜しいものがいくつかあり、なにかの折に、それらをまとめて、より多くの方に楽しんでいただけたらいいなと考えていたところ、今回、「通巻五十巻」という節目を迎え、だったら、この機会にやってみようじゃないかということになり、実現したという次第です。

自選するにあたってのテーマは、シモンが神秘の国「ジャパン」を体験するという、まさにタイトル通りの「シモン・ド・ベルジュの東方見聞録」で、それに合わせた書き下ろしも収録してます。

というか、明らかに、そっちがメインです。つまり、「自選集」と言いつつ、若干オマケが多い、ふつうの書き下ろしになっちゃいました（笑）。

ちなみに、「福良雀《ふくらすずめ》の怪」は、わりと最近書いたから覚えている方も多いと思いますが、「ユウリとシモンのゆく年くる年」は、必見です。なにせ「英国妖異譚」時代のカレンダーに添付された番外編ということで、私もその存在を忘れかけていたくらいでして、当然データなどなく、今回、手元に一冊だけ残っていた冊子から書き起こしました。

ただ、大幅に改変を加えたので、原形はあまり留《とど》めていないかも。特に、干支《えと》問題は大変でした。元来がサービス作品だっただけに、現実の干支とリンクさせた結果、まとめたら干支が大混乱を起こしていて、その修正に一番手間取りました（汗）。

それでもめげずに、次回も若干の自選作と、パブリッククスクール時代の書き下ろし作品を収録した短編集です。

う～ん、何を書こうかな♪

楽しみつつ、最後になりましたが、この本を手に取って読んでくださったすべての方に多大なる感謝を捧げます。

では、次回作でお目にかかれることを祈って――。

クリスマス待降節を迎えた、ある冬の日に

篠原美季　拝

『シモン・ド・ベルジュの東方見聞録　篠原美季自選集』、いかがでしたか？
篠原美季《しのはらみき》先生、イラストのかわい千草《ちぐさ》先生への、みなさまのお便りをお待ちしております。

篠原美季先生のファンレターのあて先
〒112-8001　東京都文京区音羽2-12-21　講談社　文芸第三出版部「篠原美季先生」係
かわい千草先生のファンレターのあて先
〒112-8001　東京都文京区音羽2-12-21　講談社　文芸第三出版部「かわい千草先生」係

話題の講談社X文庫ホワイトハート

篠原美季の大人気シリーズ

英国妖異譚シリーズ

・英国妖異譚
・囚われの一角獣
・死者の灯す火
・聖夜に流れる血
・水にたゆたふ乙女
・竹の花～赫夜姫伝説
・水晶球を抱く女
・万聖節にさす光
・十二夜に始まる悪夢
・首狩りの庭
・エマニア～月の都へ
・嘆きの肖像画
・終わりなきドルイドの誓約
・背信の罪深きアリアSPECIAL
・古き城の住人
・緑と金の祝祭
・クラヴィーアのある風景
・ハロウィーン狂想曲
・アンギヌムの壺
・誰がための探求
・聖杯を継ぐ者

英国妖異譚 番外編

・Joyeux Noël
・メフィストフェレスの誘惑
・午前零時の密談

欧州妖異譚シリーズ

・アザゼルの刻印
・聖キプリアヌスの秘宝
・琥珀色の語り部
・三月ウサギと秘密の花園
・神従の獣
・黒の女王
・イブの林檎
・万華鏡位相
・龍の眠る石
・願い事の木
・トーテムポールの囁き
・ハロウィン・メイズ
・使い魔の箱
・アドヴェント
・蘇る屍
・トリニティ
・非時宮の番人
・オールディンの祝杯
・赤の雫石
・百年の秘密
・写字室の鵟鳥
・月と太陽の巡航
・王の遊戯盤

篠原美季自選集

・シモン・ド・ベルジュの東方見聞録

セント・ラファエロ妖異譚シリーズ

・伯爵家の蔵書目録
・運命のトリオンフィ
・十五番目のアルカナ

あおやぎ亭シリーズ

・幽冥食堂「あおやぎ亭」の交遊録
・幽冥食堂「あおやぎ亭」の交遊録 ──水の鬼──

イラスト／かわい千草
デザイン／東海林かつこ［next door design］

N.D.C.913　238p　15cm

篠原美季（しのはら・みき）
４月９日生まれ、B型。横浜市在住。
茶道とパワーストーンに心を癒やされつつ
相変わらずジム通いもかかさない。
日々是好日実践中。

講談社X文庫

white heart

シモン・ド・ベルジュの東方見聞録《とうほうけんぶんろく》　篠原美季自選集《しのはらみきじせんしゅう》

篠原美季《しのはらみき》

●

2019年12月25日　第１刷発行
2020年３月19日　第２刷発行
定価はカバーに表示してあります。
発行者――渡瀬昌彦
発行所――株式会社 講談社
東京都文京区音羽2-12-21 〒112-8001
電話 編集 03-5395-3507
販売 03-5395-5817
業務 03-5395-3615
本文印刷―豊国印刷株式会社
製本―――株式会社国宝社
カバー印刷―半七写真印刷工業株式会社
本文データ制作―講談社デジタル製作
デザイン―山口　馨

ISBN978-4-06-517931-4

寮長日誌
篠原美季自選集2
幸運は女神の思し召しか、
悪魔との契約か!?
篠原美
イラスト/かわい
定価:本体720円(
手にした者につかの間の幸運と不慮の
与える「木製の車輪」が時を超え現れた
書き下ろし作「フォルトゥナの車輪」に加
レアSS三編を大幅に加筆修正し収録!